SOY UN ADOLESCENTE, ¿Y YO QUÉ CULPA TENGO?

PEDRO MAÑAS

Ilustraciones de Luisa Vera

Subscribirse 23.845.155

Añadir a   Compartir   Más

6.551.942 visualizaciones

555.165   6.329

MAEVA young

© Pedro Mañas, 2018
© de las ilustraciones: LUISA VERA, 2018
© MAEVA EDICIONES, 2018
  Benito Castro, 6
  28028 MADRID
  emaeva@maeva.es
  www.maevayoung.es

  ISBN: 978-84-17108-55-7
  Depósito legal: M-5.855-2018

  Maquetación: Joan Edo Moreno
  Impresión y encuadernación: HUERTAS, S.A.
  Impreso en España / Printed in Spain

Este libro se ha elaborado con papel procedente de bosques gestionados de forma sostenible, reciclado y de fuentes controladas, certificado por el sello de FSC (Forest Stewardship Council, una prestigiosas asociación internacional sin ánimo de lucro, avalada por WWF/ADENA, GREENPEACE y otros grupos conservacionistas. Código de licencia: FSC-C007782
www.fsc.org

MAEVA desea contribuir al esfuerzo colectivo y permanente de proteger y preservar el medio ambiente con el compromiso de producir nuestros libros con materiales responsables.

Para María, que confió en mí,
y para mis sobrinos, que me ayudaron a vivirlo todo de nuevo.
Pedro Mañas

Para Diego, mi adolescente de referencia ;-)))
Luisa Vera

Prólogo

Ante todo me gustaría, lector o lectora, darte las gracias. No importa si eres adolescente, padre, madre, tutor, educador, o si te has acercado a este libro por cualquier otra razón. Quiero darte las gracias no solo por leerlo, sino porque ha sido el interés de gente como tú el que me ha motivado a escribirlo. Y enfrentándome a este reto, yo mismo he viajado a un período asombroso de mi vida que tenía casi olvidado.

A través de los capítulos que vas a leer, he revivido y examinado mi propia adolescencia, me he preguntado qué cosas pude haber hecho mejor y cuáles no cambiaría, he aprendido un poco sobre la construcción de mi identidad y, en definitiva, he comprendido mejor quién soy en la actualidad. Es más, creo que a todos nos vendría bien revisitar aquella época para volver a conectar con los adolescentes de hoy, para tender puentes entre ambos y desterrar prejuicios.

Al volver la vista atrás, como le ocurre a la mayoría de la gente, descubro sentimientos encontrados hacia aquella etapa. Tan pronto desearía vivirla de nuevo como me alegro de haberla dejado atrás hace ya..., ejem..., unos cuantos años. Si la echo tanto de menos es porque, seguramente, nunca como entonces he estado tan lleno de pasión y vitalidad, de rebeldía, de deseos de nuevas experiencias, de ganas de cambiar y de comerme el mundo, de conocerlo todo y a todos... Tan lleno de futuro.

Lo que ya no recuerdo con tanto cariño es la confusión y la inseguridad que a veces me paralizaban, la rabia y el desconcierto por sentirme solo al recorrer esa tierra de nadie entre la infancia y la madurez. A veces, más que caminar, me sentía arrastrado. Ojalá hubiera tenido entonces a alguien que me hablara de un modo sencillo y natural, sin sermonearme, de asuntos como la sexualidad, las decepciones amorosas, los cambios físicos, las adicciones, el acoso escolar o el sentido y alcance de mi vida académica.

Siendo sincero, es probable que si un adulto hubiera sacado aquellos temas yo hubiera corrido a esconderme en mi habitación. Por eso agradezco el poder haber escrito este libro. Para tratar de acercar un poco de mi experiencia a los lectores adolescentes, incluso cuando se encierran tras su puerta, su timidez o su orgullo. Y también para dar algunas ideas a los que los tienen a su cargo que puedan ayudarles a romper esas barreras.

Aquí encontraréis un repaso a una treintena de temas que suelen preocupar al varón adolescente, sin que eso signifique que no puedan ser también del interés de las chicas. Naturalmente, he tenido que charlar y discutir con algunos jóvenes lectores y familiares para «actualizarme» pues, aunque la esencia de los adolescentes no ha cambiado tanto, sí lo han hecho sus problemas concretos y su forma de relacionarse. No he pretendido ser exhaustivo pero, al menos, he intentado dirigirme a ellos desde el respeto, la comprensión y el sentido del humor. Lamento si alguna vez he caído en el sermón, pero ¡en fin, hay cosas que los adultos no podemos evitar!

En cualquier caso, y volviendo a la necesidad de comunicarse con los jóvenes, me gustaría que los lectores se acercasen a este libro no como a una conferencia, sino como a un diálogo abierto. Que lean, duden, rían, interrumpan o muestren su desacuerdo, pues ni yo mismo estoy siempre convencido de mi opinión. Claro que no podré estar ahí para responder a sus preguntas. No importa. Lo fundamental es que se las planteen y que traten de encontrar respuestas por sí mismos.

Quiero aclarar, por último, que a pesar de ser yo el que figura como autor, en realidad esta obra ha sido una labor de equipo. Especialmente, me gustaría darles las gracias a Nuria y a Rocío por sus aportaciones y sugerencias y, por supuesto a Luisa, que con sus maravillosas ilustraciones no solo ha llenado mis textos de humor y vida, sino que ha aportado su propia y valiosa visión sobre esta edad extraordinaria.

Capítulo 1
Ni consola ni consolo

Que lo estoy flipando, vaya.

Voy a quedarme otra semana sin jugar a la Play. ¿Por qué no le prenden fuego directamente y acaban con mi sufrimiento? Chaval, cómo saben mis padres darme donde más me duele: a la mínima me dejan **sin consola.** Y si por casualidad hay una tarde que no estoy castigado...

¡NO ME DEJAN JUGAR EN PAZ!

9

En lo mejor de la partida, ¡zas!, ahí están sus **aullidos retumbando** sobre los disparos de mi fusil semiautomático: que si es una adicción, que si me roba tiempo de estudio, que si me volveré un loco violento, que si no me relaciono con otros por culpa de los videojuegos... Espera, que ahora resulta que la consola es el **DEMONIO.**

Y pregunto: entonces, **¿PARA QUÉ** me la regalaron? ¿Para poder echármelo en cara cada vez que pido algo? Pues ya verás cuando les diga que en dos años se va a quedar

desactualizada

y necesitaré la nueva. Se me van a *buggear* del susto.

Si es que no escuchan. ¿No saben que juego *online* con mis amigos, que hay una estrategia y no todo consiste en pegarse tiros, que los telediarios enseñan cada día imágenes peores?

Eso por no mencionar que los videojuegos ayudan a desarrollar

la inteligencia espacial

y... bueno...
otras movidas.

Mis padres bien que se ponen a ver una película o a leer un libro cuando vuelven del curro. Pues yo también necesito desconectar. Si me quitan la consola,

¿QUÉ ME QUEDA?
¿El parchís?

Lo que más me raya es que a lo mejor repito curso y me han dicho que entonces me la quitan TODO EL AÑO. **No quiero ni pensarlo,** chaval. De momento voy a ver si me los gano para que me levanten el castigo.

Gamers del mundo, comentad.

Lo confieso: soy un **apasionado** de los **videojuegos,** así que entiendo perfectamente el entusiasmo con el que los defiendes. Pero, por el mismo motivo, sé que la consola puede convertirse en un pozo sin fondo de horas perdidas.

Los videojuegos proporcionan un tipo de **diversión** distinta a la de un libro, por ejemplo, pero también enriquecedora. Uno se pone en la piel de héroes imposibles, viaja a lugares exóticos, toma decisiones que pueden salvar o destruir el mundo. Todo eso está bien para un rato, pero, como los libros, son un entretenimiento duradero y aún más adictivo: hay que **d-o-s-i-f-i-c-a-r.**

No es saludable pasar tanto tiempo frente a una pantalla.

Admite que a veces, al apagar la **CONSOLA,** te das cuenta de que ha anochecido y has pasado toda la tarde intentando conseguir un

 **trofeo.**

Y, si existe la posibilidad de que repitas curso, sabes que la cosa se te ha ido de las manos. ¿De verdad crees que te mereces otra consola? ¿Que la necesitas? Lo que necesitas es desengancharte un poco.

La adolescencia es la antesala de la edad adulta, y para un adulto hay algo fundamental:

EL CONTROL SOBRE UNO MISMO.

Dentro de poco serás dueño de **TU TIEMPO.** Lo que tus padres desean es que aprendas a administrarlo a tu favor. Aquí van algunas ideas para hacerlo más fácil:

PACTA UN TIEMPO DE JUEGO DIARIO

Y CÚMPLELO.

Te sorprenderá lo que puede cundirte el día.

JUEGA UNA VEZ QUE CUMPLAS CON TUS OBLIGACIONES

Y NO ANTES,

así lo convertirás en un merecido premio y jugarás relajadamente.

Si tus padres siguen teniendo prejuicios,

HAZLES VER LA PARTE DIVERTIDA Y HASTA INSTRUCTIVA

DE LAS CONSOLAS (con palabras, no con gritos). Elegid un juego que os seduzca a todos y JUGAD JUNTOS. Compartir es más divertido.

DIVERSIFICA TU OCIO.

TAMBIEN TÚ PUEDES unirte a tus padres y LEER o VER UNA BUENA PELI de vez en cuando. Sinceramente, si lo mejor que puedes decir de las consolas es que desarrollan «movidas» deberías «jugar» más con libros. ¿Sabías que hay libros sobre videojuegos? ;)

*Robert de Niro en *Casino*.

15

Te estamos redirigiendo a...

✉ Bandeja de entrada (1)

De: Alexander Shafto Douglas <totalgeek@mathslab.com>
Asunto: El primer videojuego

¿Alguna vez te has preguntado quién creó el primer videojuego de la historia? Fácil, fui yo: Alexander Douglas. Pero llámame Sandy, por favor.

Nací en Londres en 1921, y ya desde muy joven me escapaba en autobús hasta el Museo de Ciencia de la ciudad para aprender cosas sobre grandes descubrimientos científicos. Sin embargo, no tuve tanta suerte como tú, y hasta casi los treinta años no conocí un ordenador «en persona».

Me gradué en matemáticas en el Trinity College y fui aceptado en el Laboratorio Matemático de la Universidad de Cambridge. Fue allí donde comencé a trabajar con el EDSAC, el primer ordenador de almacenamiento de programas. Recuerdo que lo apodábamos *el bebé*. Menudo bebé. ¡Ocupaba una habitación entera!

El caso es que me estaba doctorando y necesitaba un proyecto para ilustrar mi tesis, que trataba de la interacción entre hombre y máquina. Al fin, con mucho esfuerzo, conseguí crear un juego de tres en raya al que bauticé como OXO. Se manejaba con un marcador de teléfono y usaba una pantalla de 16 x 35 puntos de luz. OXO no se hizo muy popular, pero es que ¡solo se podía jugar en nuestra computadora!

Para ser sincero, hay quien dice que mi programa no fue exactamente el primer «videojuego», puesto que carecía de animación por vídeo, y prefieren otorgarle ese honor a *Tennis for Two* (diseñado en 1958 por un físico que participó en el desarrollo de la bomba atómica) o al *Spacewar!* (creado en 1961 por estudiantes del Instituto Tecnológico de Massachusetts).

Lo que importa es el largo camino recorrido entre aquellos juegos y los actuales. Jugar a videojuegos es muy divertido, pero no olvides el esfuerzo, el estudio y la preparación que hay detrás de cada uno de ellos. Sin trabajo, no hay recompensa. O, como decimos en mi idioma:

Capítulo 2

Matadme: me han *friendzoneado*

▶ ▶❙ ◀🔊 ···   ◻ ◯ ▭ ⌐⌐

▶ Subscribirse 23.845.155   **6.551.942 visualizaciones**

➕ Añadir a   ➤ Compartir   ••• Más   👍 555.165   👎 6.329

Hola a todos. Hola y adiós.

Me despido del canal. Y del mundo. Ya está, hasta nunca, *game over* y *kaputt*.

Mi vida se ha acabado... **POR tercera vez.** Primero fue Cris. Luego, Mireia. Y ahora es Judith la que me quiere «solo como amigo». Esta misma tarde paso por IKEA a por unas cosillas para decorar la *friendzone*. Como es donde pasaré el resto de mis días, me voy poniendo cómodo.

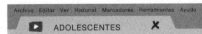
El caso es que con Judith **iba todo genial.** Ella se reía con mis gracias y yo con las suyas. Escuchaba sus movidas y ella me seguía el rollo. Vamos, que había un tonteo que se salía de todos los gráficos. Y de pronto, lo de siempre:

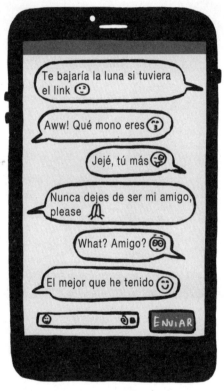

> Te bajaría la luna si tuviera el link 😳
>
> Aww! Qué mono eres 😊
>
> Jejé, tú más 😜
>
> Nunca dejes de ser mi amigo, please 🙏
>
> What? Amigo? 😳
>
> El mejor que he tenido 😊

Del *zasca* casi se me cae el móvil al suelo. Cómo son las tías, en serio. Dejan que te portes bien con ellas y luego nada. Son ganas de calentar al personal.

Está claro lo que toca ahora: pasar de ella con elegancia y fingir que **NO ME IMPORTA** nada. Como te pongan la etiqueta de «pringado» no te la quitas en todo el curso. Yo ya no me arrastro. **Hay más peces en el mar.**

Aunque claro, luego me mira con esos ojitos y quién le dice que no... ¿Igual me está pidiendo **QUE INSISTA?** Que demuestre que voy en serio. Dicen que a las tías les gusta ir de estrechas para que las conquisten. Será cosa de sacar **EL PICO Y LA PALA.**

A ver, Dani no ha insistido en su vida y **LAS TIENE LOCAS.** Y es que él sí sabe darles caña a las tías. Dani no va de ami-guito como yo, que soy un pagafantas. ¡Si es que a las tías les gustan malotes!

OMG, qué rayada.
Di en los comentarios con qué plan te quedas. ¡Y mándame un *like* a la *friendzone!*

Es lógico que estés triste y hasta enfadado por lo que ha pasado. Un desengaño amoroso **duele a cualquier edad,** pero en la adolescencia puede resultarnos casi insoportable. Créeme, te vas a sentir mucho mejor si aceptas un par de cosas:

En primer lugar, cuando una chica te dice que te quiere «como amigo» no te está pidiendo que le insistas ni que cambies **TU FORMA DE SER** para conquistarla. Eso sería injusto para ti, ¿no? ¡Tampoco quiere que pases de ella! Solo es una forma delicada de expresar que en este momento no quiere nada contigo. La buena noticia es... que **le importas** lo suficiente como para haber sido delicada. Valora tu amistad.

En segundo lugar, lo que ha pasado no es culpa de nadie. Desde luego, no puedes culparla a ella. Como es lógico, ninguna persona está **obligada a enamorarse** de ti por haberla tratado bien.

Muchas veces utilizamos el término *friendzone* con tintes sexistas. Como si las mujeres estuvieran obligadas a compensar a los que las tratan con amabilidad, o como si los hombres solo se acercaran a ellas por interés sexual.

Dices que las chicas «dejan que **te portes bien** y luego nada». Ponte en su lugar. ¿Tú les debes algo a las chicas que se portan bien contigo? ¡Claro que no! Ellas tampoco. Esas cosas se hacen **SIN ESPERAR NADA A CAMBIO.**

Tampoco es tu culpa. Al contrario, ganándote la amistad de una mujer demuestras que eres algo más que ese «malote» que las deslumbra durante un par de meses por hacerse el duro. **No cambies,** que lo estás haciendo bien. A la larga, tus relaciones serán más ricas y profundas.

Ya aparecerá la chica con la que

SALTE LA CHISPA.

Dicho esto, creo que hay un plan que no has considerado. El más sencillo:

Ella te ha pedido que **NO DEJES DE SER SU AMIGO.** Quizá no es lo que más te apetezca ahora mismo, pero seguramente es lo más justo. Si en algún momento tienes la sensación de que estás siendo utilizado o de que se aprovecha de ese amor no correspondido para manipularte...,

tienes todo el derecho a darle la espalda.

Tal vez no es tan maravillosa como pensabas.

En cualquier caso, ya verás cómo en un tiempo te irás sintiendo más cómodo a su lado.

Te estamos redirigiendo a...

✉ Bandeja de entrada (1)

De: Gustavo Adolfo Bécquer <ultimoromantico@sigloxix.com>
Asunto: Amor y desamor

> ¿Qué es poesía?, dices mientras clavas
> en mi pupila tu pupila azul.
> ¿Qué es poesía? ¿Y tú me lo preguntas?
> *Poesía... eres tú.*

¿Conocías estos versos? No sería extraño, pues se han convertido en todo un símbolo de la poesía romántica. La verdad es que los escribí yo. Me llamo Gustavo y estas fueron unas líneas que dediqué a Josefina Espín, una de mis numerosas enamoradas. No, aguarda. Ahora que recuerdo se las dediqué a su hermana Julia, de la que me enamoré justo después. ¿O fueron para Elisa Guillén? ¿Para Casta Esteban, tal vez?

Lo confieso. Siempre fui un romántico empedernido, no solo en la literatura, sino en la vida. Incluso en mi muerte, que aconteció a causa de la tuberculosis, que en la España del siglo xix era conocida como «la enfermedad romántica». El amor fue mi única felicidad y el tema de gran parte de mi literatura, especialmente de mis *Rimas*. El amor... y el amor no correspondido. ¡Ay! De este último sé bastante.

Déjame mostrarte otros versos menos conocidos. Son solo un fragmento de mi «Rima XLII», pero creo que reflejan bien la angustia, el dolor y, al fin, la resignación que traen consigo los desengaños amorosos... Aunque con otro lenguaje, expresan una queja muy parecida a la tuya: el sufrimiento al sentirnos rechazados o, aún peor, al enterarnos por otro de que nos han despreciado.

> Cuando me lo contaron sentí el frío
> de una hoja de acero en las entrañas,
> me apoyé contra el muro, y un instante
> la conciencia perdí de donde estaba.
>
> Pasó la nube de dolor... Con pena
> logré balbucear breves palabras...

¿Quién me dio la noticia?... Un fiel amigo...
¡Me hacía un gran favor!... Le di las gracias.

Y es que si piensas que las mujeres caían rendidas a mis pies gracias a mis versos, te equivocas. Muchas me dieron calabazas, pues tenían más altas ambiciones y les disgustaba mi vida bohemia. Otras aceptaban mi amor para después romperme el corazón. Más tarde me casé e incluso tuve tres hijos, pero mi matrimonio estuvo marcado por las diferencias conyugales y la infidelidad.

Todos nos sentimos solos a veces, pero, como yo mismo dije: «La soledad es muy hermosa... cuando se tiene alguien a quien decírselo». Aun así, hay algo que me sirve de consuelo para mis continuos fracasos amorosos: me sirvieron de inspiración. Y es que la literatura, la música, el arte... son muy útiles para cicatrizar heridas. Espero que lo recuerdes si vuelven a mandarte un tiempo a la dichosa *friendzone.* O como se diga.

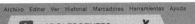

https://www.youtube.com/watch?V=875478xc

Capítulo 3

¿Quién es ese tío del espejo?

Subscribirse   23.845.155   6.551.942 visualizaciones

Añadir a   Compartir   ••• Más   555.165   6.329

Amigo, estoy mutando.

Como lo oyes. Vale, no es que antes fuera un *sex-symbol*, pero es que de repente me he convertido en una

CRIATURA DEL MUNDO EXTERIOR.

Cualquier día me levantaré con tentáculos y devoraré a mis padres para desayunar.

25

Primero fue el maldito acné. Luego me empezaron a salir pelos por todos lados.

¡Esta parece la jeta ideal para montar una fiesta!

Ahora los brazos me están *creciendo* tanto que me da miedo que cualquier día lleguen al suelo. Menos mal que las piernas les siguen el ritmo. Soy como *Slenderman,* pero con la jeta llena de espinillas. Te juro que hay fotos en las que doy más miedo que él.

Eso por no hablar de la voz y de la **vergüenza** que paso en clase cuando se me escapa un gallo. Sueno como un espectro del infierno escupiendo un pitufo.

En cambio, mi madre está que se la cae la baba, la tía. «Eso es que te estás **HACIENDO UN HOMBRE**», dice, mirando para arriba (ahora le saco una cabeza). Fijo que sí. Entonces, ¿por qué cada día parezco menos un ser humano?

El que sí se está haciendo un hombre es mi amigo Arturo. A él, en vez de pelos, le están saliendo músculos por todas partes. Como si fuera un atleta, el tío. Y eso sin entrenar ni nada. Yo quiero apuntarme ya al gimnasio, pero mis padres dicen que ni hablar, que a ver si haciendo pesas se me va a atrofiar el crecimiento. ¿Y para qué quiero ser más alto? **Bastante me cuesta ya mantenerme derecho,** hasta me está saliendo chepa.

Y luego resulta que hay otras partes del cuerpo que **no se enteran de lo del estirón.** No sé si me sigues. A veces, sin querer, me pongo a comparar en las duchas del instituto y, bueno, ¡que al final voy a pillarle manía a Arturo! Hay algunos que se lo llevan todo.

Vale que otros han tenido peor suerte. Farid se está poniendo hecho un fanegas y Rodri parece que aún tiene diez años. ¿Y sabes qué es **LO PEOR DE TODO?** Que la gente no se corta a la hora de comentar en nuestra jeta: «Menudo mostacho le ha salido a este». «Deja de crecer ya, ¿no?» «Tienes que adelgazar.» Deben de pensarse que no tenemos espejo en casa.

¿Sabes qué? Hasta que vengan a buscarme de mi planeta, grabaré los vídeos de espaldas.

Cuando tenía tu edad, una de las cosas que más me fastidiaban era que los adultos se permitieran hacer **COMENTARIOS** sobre mi físico. Para ellos aquellas bruscas transformaciones que estaba sufriendo eran algo natural, pero a mí me torturaban y me llenaban de **dudas y complejos.** ¿Me quedaría con aquel cuerpo de espárrago para siempre?

Ahora sé que la esencia misma de la adolescencia está en esos cambios físicos (y emocionales). Entre otras cosas, el adolescente tiene que empezar a **aprender a vivir** con su «nuevo cuerpo», que no siempre es el que habría soñado. Algunos crecemos demasiado rápido, otros ganan peso en muy poco tiempo, unos cuantos sufren de acné y otros pocos ven cómo todos los demás cambian mientras ellos siguen teniendo aspecto de niños.

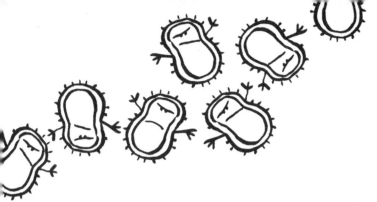

Todos estos cambios y diferencias en el desarrollo están desencadenados por tus **HORMONAS** y son esencialmente **pasajeros.** Cada uno crecerá y se desarrollará a su propio ritmo. No te **angusties** si vas un poco por delante o por detrás de tus amigos. Es cuestión de tiempo que todos os convirtáis completamente en adultos.

¡A LA CARGA!

¿Significa eso que lo único que puedes hacer es tener paciencia y esperar a pasar mágicamente de «patito feo» a «cisne»? No. En realidad, no funciona así.

Es cierto que poco puedes hacer contra el vello y los cambios en tu voz (salvo tomarlo con un **POCO DE HUMOR),** pero hay varias cosas que te ayudarán a controlar tu peso, tu postura, el exceso de acné, el desarrollo muscular y, en definitiva, a estar más a gusto con tu cuerpo. No se trata tanto de ser un *sex-symbol* como de sentirse sano y lleno de energía. Nada es más atractivo que un cuerpo **saludable.**

HAZ EJERCICIO Y MANTENTE ACTIVO

Es cierto que levantar peso puede frenar tu crecimiento, pero nada te impide practicar otros **deportes.** Estos, además, aumentan la producción de betaendorfina, una hormona que controla el estrés y que, por cierto, te ayudará a enfrentarte también a los cambios en tu estado de ánimo.

MANTÉN UNOS HÁBITOS DE ALIMENTACIÓN SALUDABLE

Por mucho que culpemos a la pubertad, la **comida basura** agrava notablemente el problema del acné o el sobrepeso.

NO LE ROBES HORAS AL SUEÑO

Dormir suficiente hace que te sientas mejor contigo mismo.

¡Ah, un último comentario! Muy a menudo, la **inseguridad** que nos genera nuestro físico nos hace defendernos atacando el de los demás. No caigas en eso. Cada cual tiene sus propios complejos y el mejor modo de superarlos en **apoyándoos** entre vosotros. Todos estáis en el mismo barco. Un barco en el que navegáis juntos rumbo a la madurez y, con un poco de suerte, hacia la autoestima.

De: Abraham Lincoln <sixteenthpresident@USA.com>
Asunto: Un adolescente en la Frontera

Encantado, amigo mío, me llamo Abraham.

Es posible que mi nombre te suene por haber sido el decimosexto presidente de Estados Unidos y un infatigable defensor de la abolición de la esclavitud en mi país. Desde entonces, muchos han destacado mi astucia como político y la profundidad. de mis convicciones... A menudo olvidan que yo también fui un adolescente confuso y lleno de dudas.

En aquel tiempo no era más que Abe, un muchacho descendiente de pioneros. Ocupaba con mi familia aquella tierra incierta e inestable a la que llamábamos «la Frontera» y que nos obligaba a desplazarnos cada poco hacia el oeste en busca de zonas más fértiles y nuevas oportunidades. Tal vez la Frontera se parecía un poco a aquellos años de adolescencia, una tierra de nadie que te forzaba a avanzar continuamente.

Fue hacia los diecisiete años cuando pegué el último estirón y adquirí esa figura alta y desgarbada que quizá hayas visto en algún retrato. Mis brazos y piernas desmañados acababan en enormes manos y pies huesudos que me daban un aspecto extraño y que me valieron una reputación algo cómica entre mis vecinos.

¿Crees que eso me intimidó? A pesar de mi figura, y gracias a mi experiencia como leñador, solía ganar las carreras y los juegos con los que nos divertíamos los domingos. Incluso salvé a un perro de morir ahogado en un arroyo. Tal vez fuera larguirucho, pero también me sentía hábil y robusto. Tampoco mi timidez me impidió convertirme en un buen orador. Creía firmemente en el poder de la voluntad.

Mientras trabajaba como leñador, no sentía vergüenza de sacar un libro y leerles a mis vecinos en voz alta o de improvisar un discurso sobre cualquier tema. Hablaba de historias antiguas, de las elecciones o el aprovechamiento de nuestros recursos naturales. A veces, incluso, de los hombres y las mujeres a los que, en el sur, esclavizaban solo por el color de su piel. Los demás reían ante mi físico y mis rarezas, y a mí me agradaba.

Lo cierto es que el humor me ayudó a superar los muchos fracasos profesionales que sufrí antes de alcanzar la presidencia en 1861. Recuerdo que, en cierta ocasión, un adversario político me acusó de ser un hipócrita con dos caras. ¿Sabes lo que le contesté?

Si tuviera dos caras, ¿cree que llevaría puesta esta?

Capítulo 4

¡Sal y cierra la puerta!

¡Que me dejen en paz, **QUE ME OLVIDEN,** que se ocupen de sus asuntos!

Lo único que he hecho ha sido llegar de clase y meterme en mi cuarto ¿Lo normal, no? No molesto ni interrumpo a nadie, dejo que cada cual haga su vida. ¡Tengo derecho a que me dejen escuchar mi música tranquilo! Pues nada: según cierro la puerta empieza la **PERSECUCIÓN.**

«¿No tienes educación o qué?», me suelta mi padre, asomando el hocico. «¿No sabes saludar?»

«Pues anda que vosotros sois educados, si ni siquiera **SABÉIS LLAMAR A LA PUERTA»,** se me ha ocurrido contestar, porque es verdad.

Y ya está, ya la tenemos liada. Se le ha hinchado la vena de la frente y ha empezado con lo de que soy una calamidad, que no me importa nadie más que yo, que voy por casa como un fantasma, que vaya música infernal. Y yo a todo que sí, que vale, pero que ¡cerrase la puerta! Solo les pido **que respeten mi intimidad.** Que no entren a mi cuarto, a mi ordenador ni a mi móvil. Solo eso. ¿Tan difícil es?

Al final he tenido que ponerme los cascos para no oírlo y el tío se ha puesto como una moto. Y cuando por fin se ha largado se ha colado mi madre, que tiene otro estilo de hacer las cosas, pero que en el fondo **ME AGOBIA IGUAL.** Se ha sentado en la cama y ha empezado a preguntarme muy bajito que si me pasaba algo. Que si estaba bien. Que por qué no hablaba. Que si no quería contarle nada.

¡No cuento nada porque no tengo **nada que contar!** Y porque no se me da bien hablar. No entiendo ese rollo de estar siempre cotorreando. Eso es más de chicas. Se habla de lo que hay que hablar y punto. Y si tengo alguna movida gorda ya se lo contaré a mis amigos, que al menos ellos **NO ME JUZGAN.** Aún me acuerdo cuando hace años conté en casa que había una chica del campamento que me gustaba. El pitorreo duró hasta Navidades.

Además, ¿para qué voy a hablar, si *no me entienden?* Creo que ni siquiera escuchan. Lo único que quieren es cotillear y luego echarme la bronca y decirme lo que tengo que hacer. Eso no es hablar.

Hace buena tarde, ¿verdad, hijo mío?

¡¡¡ESO SE LLAMA INTERROGAR!!!

Mierda, oigo pasos. Espera, que me han oído y ya vuelven otra vez.

¡Te han dejado un comentario!

¡BLABLABLA…!

¿Y dices que hablar no se te da bien? Yo creo que te has expresado muy claramente. Lo que ocurre es que en casa habéis llegado a tal situación de BLOQUEO que la **comunicación** parece imposible, por eso acabáis siempre igual: repitiendo a gritos los mismos reproches. Es como si ya no os interesase E S C U C H A R, únicamente liberar vuestra tensión.

Este bloqueo puede acabar si una de las partes **cambia** su forma de abordar el asunto. ¿Qué tal si les demuestras a tus padres que esta vez puedes ser tú el que encuentres la **SOLUCIÓN?** Sé que no quieres compartirlo todo con ellos, y mucho menos que vayan de «coleguitas», pero recuperar la comunicación y la confianza mejorará muchísimo vuestra convivencia.

Respira hondo, ármate de paciencia y trata de **explicarles** lo mejor posible por qué te cuesta tanto hablar con ellos. Escoge un momento en que no estés nervioso. Tienes buenos argumentos, pero te **FALLAN LAS FORMAS.** Si gritas, les faltas al respeto, o si escuchas música mientras tratan de hablarte solo conseguirás que tu mensaje se pierda.

Es natural que pidas que en las conversaciones no se limiten a **SERMONEARTE** o a asaltar tu intimidad. Personalmente, creo que es sano que, al hacerte mayor, defiendas más la parcela de tu **PRIVACIDAD**, que tengas algún secreto y que quieras que llamen a la puerta antes de entrar. Pero olvídate de frases como «lo único que pido» y «tengo derecho». Sabes muy bien que eso no es «lo único que pides» y que lo del «derecho» es relativo. Tus padres también tendrían «derecho» a poner su música a todo volumen y no lo hacen. Hay que **negociar** para convivir.

Puedes decirles, ante todo, que estás dispuesto a hablar, pero a hablar de verdad. Con **naturalidad** y sin interrogatorios. De lo que surja. Una vez que recuperéis la **confianza,** comunicaros no va a suponer un gran esfuerzo.

También tú deberías **ceder** en algunos aspectos. ¡No es tan normal encerrarte con la música en tu cuarto nada más llegar a casa! Tu familia quiere disfrutar del poco tiempo compartido que os dejan vuestras obligaciones y (¡vale, sí, al fin y al cabo son padres!) asegurarse de que todo va bien.

Padre, madre: este renegado sin corazón... os quiere. (Snif)

Y es que yo no comparto eso de que «hablar es de chicas». Ya sé que es lo que enseñan algunas películas. Que los tíos duros y valientes no hablan, actúan. Y es justo al contrario. No hay mayor signo de coraje e **INTELIGENCIA** que el atreverse a **EXPRESAR** lo que pensamos o sentimos. **Hablar,** créeme, también es actuar.

Te estamos redirigiendo a...

 Bandeja de entrada (1)

De: Un fan <pinkfloydforever@music.uk>
Asunto: El muro de Roger Waters

¿Qué hay, tío? Aquí el fan número uno de Pink Floyd.

Por si no lo sabes, te diré que se trata de una de las bandas de rock británico más célebres e influyentes de todos los tiempos. Alcanzó la fama mundial durante las décadas de 1970 y 1980 y, con más de trescientos millones de álbumes vendidos en todo el mundo, muchos la consideran un icono cultural del siglo xx.

The Wall (El muro) es uno de sus álbumes más famosos, y mi favorito. A través de más de veinte temas narra la historia de una estrella de rock ficticia que convierte las heridas de su vida en los ladrillos de un muro que lo va aislando del mundo: la muerte de su padre, sus humillaciones en la escuela, la agobiante sobreprotección de su madre. Cada uno de estos traumas va haciendo su muro más y más alto. En realidad, la historia está inspirada en la vida de uno los miembros de la banda: Roger Waters, que durante años fue su líder.

Roger nació en el condado inglés de Surrey en 1943. Poco después, su padre murió luchando junto a la Infantería británica en la Segunda Guerra Mundial y su madre, maestra de escuela, decidió mudarse con sus dos hijos a Cambridge. Fue allí, durante sus años de instituto, donde Roger conoció a Syd Barrett, junto al que fundaría Pink Floyd en 1965. Veinte años más tarde y debido al deterioro mental que Syd sufría, Roger asumió el liderazgo artístico de la banda y la condujo a lo más alto. Pero eso no significa que nunca dudara de sí mismo.

Hace poco, Waters confesó en una entrevista que muchas veces tuvo miedo de contar cosas porque temía la reacción de los demás y porque no quería exponer ningún aspecto negativo de sí mismo. Más tarde se preguntaba: «¿Por qué no lo dije?».

Según Waters, todos tenemos muros que derribar. Una de las cosas que más le ayudaron a enfrentarse al suyo fue abrirse al mundo a través de canciones, de poemas, de palabras. «Es verdad que compartiendo tus sentimientos te expones a la aprobación y hasta al ridículo», afirmó, «pero a menudo la gente responde con amor y generosidad si expresas algo que reconocen en sí mismos.»

Por cierto, en 1983 *The Wall* se convirtió en una película bastante surrealista y visualmente impactante. Lo digo por si te apetece echarle un ojo.

Capítulo 5
No sirvo para estudiar

No puedo, lo intento una y otra vez y **no puedo**. Hasta tengo ganas de llorar, joder. No valgo para estudiar.

Y no es que no lo intente, lo juro. Tampoco soy un vago como dice mi tutora. La semana pasada le eché ganas y me pasé **ENCERRADO** los tres días antes del examen de lengua. Y luego van y justo me ponen un tres, un punto por cada uno de esos días infernales. El caso es que había partes que me las sabía de pe a pa, pero pinché en el análisis gramatical y en el comentario de texto. ¡¿Y eso cómo me lo aprendo, si ni siquiera lo entiendo?! Bastante me cuesta **MEMORIZAR** lo que nos mandan como para intentar **COMPRENDER** algo.

Antes me quejaba de las notas, pero ahora sé que es culpa mía, que soy negado para el estudio. Me planto delante de los apuntes y cuando llevo una hora me doy cuenta de que no he avanzado nada y me empiezo a agobiar. Los párrafos atraviesan mi cabeza sin dejar ni huella. O me pongo a consultar una duda de mates y acabo en Youtube tragándome *gameplays.* O peor aún: hago un descanso de diez minutillos y se me hace de noche con el móvil en la mano.

¡ES COMO SI YO QUISIERA, PERO MI CABEZA NO!

¿Qué puedo hacer si llevo el enemigo sobre los hombros?

Vamos a tener una charla tú y yo.

Lo que más me jode es que muchos de los que sacan buenas notas **EMPOLLAN MENOS** que yo. No sé cómo, pero en un par de horitas se lo ventilan todo. Y como tienen un pico de oro y son de los que se lucen preguntando en clase, pues, hala, sobresaliente al canto. Y luego dicen que se **RECOMPENSA EL ESFUERZO.** Y un huevo. Si tienes buena cabeza apruebas y punto.

Bueno, no quiero quejarme más, solo salir de este pozo. A estas alturas veo chunguísimo remontar el curso. Ando perdido en la mayoría de asignaturas y estoy con un bajón que no tengo ánimo ni para abrir un libro.

Solo quiero dormir y desconectar.

Igual mañana debería hablar con mis padres y decirles la verdad: que soy nulo para esto. Que pasen de mi tutora cuando dice que «soy listo pero muy vago». De listo, nada.

> Papá, mamá: tenemos que hablar...

Mira, me voy a poner el despertador a las cinco para hacer un **último intento.** A ver si hay suerte con...

ESPERA,

¡¿DE QUÉ ERA EL EXAMEN DE MAÑANA?!

¡Te han dejado un comentario!

Te aseguro que hay días en que, **aburrido y frustrado** frente al ordenador, también yo me digo sin querer: «¡No sirvo para escribir!». 𝕮𝕬𝕷𝕸𝕬. Es solo que a veces la presión hace que enfoquemos mal la tarea a la que nos enfrentamos.

Es lógico que lo que más te importe en este momento sea aprobar el curso. Sin embargo, y aunque te sorprenda, tienes un **objetivo** más apremiante: **APRENDER A ESTUDIAR.** Y la verdadera esencia del estudio no consiste en esos atracones que te das antes del examen ni en un último intento desesperado de madrugada. Y mucho menos en repetir la lección como un loro. Nunca se dirá lo suficiente: ¡«Estudiar» no es igual que «memorizar»!

RAE: Estudiar: 1.tr. Ejercitar el entendimiento para alcanzar o comprender algo.

Das en el clavo cuando dices que quienes sacan mejores notas son los que atienden en clase y tienen facilidad para expresarse. Es algo casi mágico que poca gente parece percibir y lo que me salvó durante el bachillerato. Ahí va: creo firmemente que el 80% del estudio consiste en atender a lo que se explica en clase y en SABER TRANSMITIRLO. Así de sencillo. En cierto sentido, es como contarle a alguien una película. Solo necesitas:

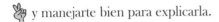 entenderla

y manejarte bien para explicarla.

Por supuesto que la película tiene que despertar algo de tu interés, y eso también es vital: si afrontas el estudio como una tortura, te condenarás al fracaso. Debes encontrar **motivación,** tratar de «ENGANCHARTE» a lo que te resulta interesante en cada asignatura. No importa si algunas te gustan menos. Estudiar no consiste tanto en amontonar contenidos en tu mente como en ordenarla y entrenarla para PENSAR. Este «entrenamiento» NO ES INÚTIL, no es un trámite para el examen. Te enriquecerá como persona y será muy útil para tus intereses profesionales, sean cuales sean.

Claro que la etapa posterior de **leer, repasar y retener** conceptos es fundamental y debe hacerse de forma regular (¡no en tres días!). Sin embargo, si la abordas bien preparado será como... leer el libro en el que se basó esa película que ya has visto. Todo te resultará más familiar, sencillo e interesante. Habrás hecho tuya la asignatura.

Hay muchas **ESTRATEGIAS** para afianzar tu hábito de estudio. Estas tres me ayudaron mucho:

- Alterna tus horas de estudio con actividades deportivas. El exceso de energía física afecta negativamente a la capacidad de concentración.
- Estudia con un BOLI EN LA MANO. Te permitirá resumir las lecciones, organizar tu tiempo y dejar claros tus objetivos diarios.
- Enriquece tu ocio: lee, ve buenas películas, echa un vistazo al periódico... Tu MENTE permanecerá ágil y DESPIERTA.

  Ante todo deja de decirte «no puedo» o acabarás por creértelo.

¡CLARO QUE PUEDES!

Te estamos redirigiendo a...

✉ Bandeja de entrada (1)

De: Thomas Alva Edison <bestinventor@USA.com>
Asunto: No vale rendirse

Mi nombre, jovencito, es Thomas Edison... Espero no necesitar mucha presentación.

Por si acaso, déjame decirte que soy tal vez el más célebre inventor estadounidense. Tanto es así que, durante mis ochenta y cuatro años de vida, registré más de mil patentes. Mil ochenta y cuatro, para ser exactos. Entre ellas, el fonógrafo, las baterías recargables o la bombilla.

Hace poco tuve el disgusto de enterarme de que un compatriota, un tal Lowell Wood, acababa de superarme en número de inventos: mil ochenta y cinco patentes. Y aún tiene otras tres mil esperando aprobación, maldita sea. Sinceramente, solo le perdono su insolencia porque tenemos algo en común: a los dos nos dijeron de muchachos que jamás llegaríamos a nada.

En mi caso, aún recuerdo aquel el día en que llegué llorando de la escuela porque el maestro me había llamado inútil y retrasado. Mi padre no tenía mucha mejor opinión de mí, y casi yo mismo llegué a creer que era idiota. Fue mi madre la que acometió la tarea de educarme y me entregó el libro que cambiaría mi vida: *Escuela de filosofía natural.* Se convirtió en el impulso que hizo brotar mi fascinación por la ciencia y la tecnología.

En cuanto a Lowell, parece que casi siempre obtenía las peores notas de su clase y que solo conseguía mejorarlas un poco a través de la insistencia y el esfuerzo. Se inscribió en la universidad a los dieciséis años, y para compensar su primer fracaso en un examen, trató de sorprender a sus profesores resolviendo un problema matemático imposible.

No supo solucionarlo directamente, pero fue el único al que se le ocurrió acometerlo utilizando un reciente prodigio tecnológico: el ordenador.

Hoy día Lowell es un reputado astrofísico que trabaja en sistemas de defensa contra ataques nucleares y colabora con instituciones que tratan de combatir la inminente amenaza del calentamiento global. En 2015, como ya te he dicho, me robó el título de inventor estadounidense más prolífico de todos los tiempos. Sus invenciones han tenido aplicaciones prácticas de lo más diversas, desde la elaboración de un mapa completo de la superficie lunar hasta el desarrollo de un dispositivo láser que reduzca la población de mosquitos en países amenazados por la malaria.

Creo que Wood y yo somos un buen ejemplo de que el esfuerzo y la imaginación pueden estar por encima de eso que llaman... talento innato. Bah. ¡Donde esté el trabajo...!

Capítulo 6
Sin alcohol no es lo mismo

A ver, os cuento. Acabo de tenerla con un amigo.

El tío va y me dice que este finde no le apetece el plan de siempre. Que se queda en casa porque pasa de otra noche de botellón y desfase. ¿Desfase? Todo lo que pasó fue que a mí me sentó mal la bebida y terminé potando en el andén del metro. Vale, se me fue la mano, pero eso...

LE PUEDE PASAR A CUALQUIERA, ¿NO?

Si quiere ser un antisocial, allá él, pero a mí que no me líe. Yo prefiero **salir de fiesta** con mis amigos a quedarme en plan friki delante del ordenador. ¿Eso es más sano que tomarse unas copas? Venga ya. Además, que nadie le obliga a beber. El problema lo tiene él, que es un soso y nos corta el rollo.

Y no es que a mí me guste el sabor del alcohol, ¿vale? Sobre todo al principio. Si es algo fresquito y dulce, entra bien y te sube rápido, que es lo importante. Así **te sueltas**, y bailas o charlas con gente que a lo mejor en clase no te dan bola. Es una manera de **socializar**. Sobre todo con las chicas.

La verdad es que yo soy un poco **CORTADO,** y si hay chicas delante más. Bueno, pues el sábado pasado, gracias a los cubatas, me pasé casi dos horas con Gema, y ella, que también había bebido, terminó abrazándome y diciéndome que era un tío de puta madre y que me quería un montón. Yo creo que la tenía a huevo, lo que pasa es que de pronto le dio el bajón y no hubo manera. Pero vamos, que por una noche me sentí el REY DEL MUNDO y me olvidé de los exámenes y de los malos rollos de mi casa. ¿Y a qué precio? Un par de cubatitas de nada.

Además, ni que yo bebiera todos los días. O que me emporrara, o algo peor. O que hubiera vuelto a casa en ambulancia como algún amigo mío. ¡Si hasta fumar me da asco! YO SÉ BEBER y lo hago para **divertirme** con mi gente. Peor es lo de mi padre, que desde por la mañana ya está con las cervecitas. Y nadie se lleva las manos a la cabeza. Es una **costumbre social** y punto.

Así que no dejéis que os engañen, chavales. La fiesta, la música y los amigos están muy bien, pero sin alcohol no es lo mismo.

¡Soy el Rey del Mundooooo!

¡A callar, Alteza, que es la una!

51

Es cierto que beber alcohol es una costumbre socialmente aceptada, pero que no te engañen: ¡no deja de ser una droga! Precisamente por ser tan accesible es una de las que más estragos causa, especialmente entre gente joven como tú. Es terrible que nos hagan creer que la **fiesta** está ligada al **alcohol** (y a la droga) para que unos pocos se lucren a costa de nuestra **DEPENDENCIA.**

Y no es que te culpe a ti, créeme. A tu edad también hacía botellones y conozco la **presión** a la que estás sometido para que bebas. Dicen que el alcohol te ayuda a **DESINHIBIRTE;** a sentirte integrado y a olvidar tus problemas. Pero piénsalo, ¿crees que soluciona esos problemas o **SOLO LOS ENCUBRE?** Todo esto del alcohol no es sino un gran engaño.

En primer lugar, ¿de qué te sirve beber para **fingir** que eres más sociable o atrevido? Cuando lo haces, renuncias a ser tú mismo y el alcohol toma las riendas.

Y todo para resultar gracioso o para ligar durante un rato. Pero ese **NO ERES TÚ.** Las grandes amistades que parecen afianzarse en las borracheras no son auténticas, puesto que lo que se dice o se piensa estando borracho no es genuino. La verdadera diversión está en ti, no necesitas **NINGUNA** sustancia para pasarlo bien. ¡Y ser tímido no está reñido con la diversión! Lo digo por experiencia.

El que no bebe no corta el rollo. Al contrario, demuestra una gran **PERSONALIDAD,** y si hay alguien que no opina así es él o ella el que no sabe divertirse. Si a tu amigo no le apetece beber es porque **NO LO NECESITA.** Ningún ser humano lo necesita hasta que cae en esa perversa trampa.

Dices que no tienes un problema porque solo bebes los fines de semana. La verdad es que así es como empiezan la mayoría de los alcohólicos. Bebas poco o mucho, el alcohol **degrada** lenta y silenciosamente **TU ORGANISMO** de mil formas distintas: destroza el hígado, envejece la piel, te hace vulnerable a muchas enfermedades, puede causar ansiedad, depresión, problemas de memoria, concentración y hasta impotencia.

Eso por no hablar de los accidentes de tráfico, las **CONDUCTAS VIOLENTAS** o las **AGRESIONES** sexuales que se producen bajo los efectos de la bebida. Y, lo peor, puede ser el primer peldaño hacia el oscuro pozo de la **DEPENDENCIA.** Y a menudo lo es para ese que dice «saber beber».

Ya ves, el precio es mucho más alto del que piensas.

Te estamos redirigiendo a...

 Bandeja de entrada (1)

De: Un fan de Robert Downey Jr. <ironman27@movies.com>
Asunto: El hombre de hierro

Me flipan los superhéroes, especialmente Iron Man. Y aún me gusta más desde que descubrí que Robert Downey Jr., el actor que lo interpretó en el cine, parece también un indestructible hombre de hierro. En 2013 se convirtió en el actor mejor pagado del mundo, pero para ello tuvo que superar un pasado marcado por la adicción al alcohol y las drogas, los escándalos y la cárcel.

Downey se consolidó como el actor más prometedor de su generación cuando a los veintisiete años se le concedió un Oscar por su interpretación de Charles Chaplin. Sin embargo, ya entonces arrastraba un pasado marcado por las adicciones. Su padre, un cineasta de serie B, le ofreció su primer porro a los seis años, y desde entonces consumió alcohol y otras sustancias junto a él para fortalecer sus vínculos. Algo así es lo que hacemos cuando bebemos para «socializar».

Tras el éxito de *Chaplin,* Downey recayó en la espiral de las adicciones. Fue arrestado en numerosas ocasiones por posesión de drogas, e incluso por circular desnudo con un arma por Sunset Boulevard. Sus continuas reincidencias y una violación de su libertad condicional lo llevaron a cumplir condena en prisión durante más de un año. Desde entonces recibió ayuda en centros de rehabilitación y permaneció alejado de la luz pública.

Su resurgir como actor comenzó en 2003 gracias a la ayuda de su mujer, de sus amigos y de una terapia basada en el yoga, la meditación y las artes marciales. «Fue como salir de un coma de veinte años», afirmó. Desde entonces «la gran promesa rota de Hollywood» comenzó a triunfar en producciones como *Sherlock Holmes* o *Los vengadores.*

Con el personaje de Iron Man, se ganó el primer lugar entre los actores más taquilleros y mejor pagados de Hollywood, y es el protagonista de al menos tres sagas que han visto millones de personas en todo el mundo. Poco tiene que ver ya con el hombre que en 1999 reconoció su adicción con las siguientes palabras: «Es como tener un arma cargada en la boca y el dedo en el gatillo; sabes que en cualquier momento se va a disparar, pero te gusta el sabor del metal del arma».

Hoy, además de por ser uno de los actores de más renombre en el panorama internacional, es reconocido por su gran profesionalidad, su participación en actos solidarios y su ácido sentido del humor.

Capítulo 7
El rey del *selfie*

▶ ▶❙ ◀🎵 •••   ◻ ◻ ▷ 🔳

▶ Subscribirse   23.845.155   6.551.942 visualizaciones

➕ Añadir a   ➤ Compartir   ••• Más   👍 555.165   👎 6.329

Vale, ya os advierto que hoy estoy un pelín rayado porque me he hecho lo menos quince *selfies*...

Y eso que hasta hace poco estaba contento porque esta semana me he machacado en el gimnasio y la dieta alta en proteínas que encontré en internet parece que funciona. Además, mis tíos me regalaron unos bonos de bronceado y... bueno, que me veía guapete, je, je. (>< ᴍᴍ)

👍 57

Lo que pasa es que a mediodía me he puesto a ver un programa de esos cutres de gente que va a ligar a la tele. Concursaban un par de tíos con pinta de vivir en el *gym* y que las tenían a todas babeando. Eran más anchos que dos armarios empotrados y poco más listos, la verdad. No es que yo quiera ponerme así, pero... Bueno, que no me importaría. Al final, para variar, se han quitado la camiseta. Comparados con los suyos, **MIS MÚSCULOS PARECEN DE COÑA.**

Y de las tías del concurso, para qué contaros. **Unos pibonazos.** Con ropa *sexy* y unos cuerpazos que flipas. Y tampoco es que yo aspire a una novia así, pero... Bueno, que no me importaría. Y para eso hay que tener un buen cuerpo o un buen coche o al menos manejar mucha pasta.

Mi chica se ríe mucho de mí porque dice que entre el gimnasio, depilarme y elegir la ropa **se me va media vida.** Lo que pasa es que no entiende que los tíos ahora también *nos cuidamos.* ¿No será ella la que tendría que ponerse las pilas? Me jura que ha vuelto al gimnasio, pero yo la veo cada día más dejada, porque le sobran kilos. Y eso que el curso pasado estaba la tercera en la lista de pibones de la clase. Ahora, la verdad, me estoy planteando dejarlo con ella. Es muy maja, pero siento que puedo aspirar a más.

A mí me parecen bastante ridículas esas parejas en las que ella es un pibón y él un trol del fango, o al revés. O sea, que si se quieren y tal, estupendo..., pero no sé, no queda bien.

¿Es que esa gente no se mira en el espejo?

Bueno, el que va a dejar de mirarse al espejo soy yo, que **lo voy a gastar.** Un *selfie* más a ver si llevo bien el pelo, y listo.

¡Te han dejado un comentario!

«Unos cuerpazos que flipas», «le sobran kilos», «la tercera en la lista de pibones», «dieta alta en proteínas»... Un momento, ¿¡hablamos de **personas** o de una granja para engordar **GANADO?!**

Ahora en serio. Es estupendo que hayas tomado la decisión de cuidarte, pero recuerda que tú eres mucho más que un peinado moderno, un cuerpo musculoso o una piel bronceada. Y los demás también, así que no empieces a **JUZGAR** a la gente al peso.

Vivimos en un mundo obsesionado por la imagen. Hasta hace poco eran las mujeres las más preocupadas por su **aspecto.** Ahora, como tú bien dices, los hombres nos cuidamos más. Un momento: ¿nos cuidamos o nos esclavizamos? El bombardeo de **«CUERPOS PERFECTOS»** (a menudo sometidos a retoques de imagen) que nos llega desde la televisión, el cine y la publicidad nos hace obsesionarnos con ese ideal imposible de belleza y sacrificar gran parte de nuestra vida para ser aceptados. A veces esta obsesión puede llegar incluso a provocar **EnFERMEDADES** como la bulimia o la vigorexia. ¿Y quién se beneficia de estos complejos? En mi opinión, no es más que un modo de asegurarse de que consumamos más y más y de crearnos **NECESIDADES** innecesarias que nos hacen conformistas y manejables.

Y por cierto, ¿quién ha dicho que el **ideal de belleza** masculina está en esos «armarios empotrados» que ves por la tele? Tú mismo reconoces que suelen ser chicos con poca sustancia. Y es que, si te pasas la vida obsesionado con tu imagen, es probable que dejes de **cultivar aspectos** de ti que te hacen mucho más **atractivo:** el conocimiento, la cultura o la conversación, por ejemplo. ¿De qué te sirve deslumbrar un momento si por dentro estás vacío? Siempre habrá quien te juzgue exclusivamente por tu físico, pero entonces es que no merece la pena ¡por muy «buena» o «bueno» que esté!

Has llegado a preocuparte tanto por el **FÍSICO** que parece lo único que te importa a la hora de encontrar pareja. Si todo lo que quieres es que una chica «haga bonito», como si fuera un **ADORNO,** nunca podrás tener una **relación** profunda y sincera con nadie. Y menos aún si piensas que es el dinero lo que te da valor ante ella. Eso es igual de **superficial.**

La belleza no está en lo que dicen la tele, una báscula o la talla de sujetador. A veces conviene dejar un rato los *selfies* y mirar un poco más allá. O más adentro.

Te estamos redirigiendo a...

✉ Bandeja de entrada (1)

De: Un chico diferente <yomismo@seunico.es>
Asunto: #InMySkinIWin

Existe el prejuicio de que los modelos son personas super-
ficiales y obsesionadas por los cánones de belleza. Desde
luego, no es el caso de Shaun Ross. Búscalo en internet y
échale un ojo a su excepcional aspecto.

Shaun es un modelo afroamericano, el primer hombre
albino que ejerce profesionalmente su carrera. También es
actor y bailarín y ha protagonizado videoclips de cantantes,
como Katy Perry, Beyoncé o Lana del Rey. Hoy en día los
grandes diseñadores se lo disputan, pero desde su infancia
ha tenido que enfrentarse a críticas y prejuicios por su físico
diferente y único.

Ya en la escuela sufría los abusos de sus compañeros, que
debido al color de su piel le dirigían insultos, como «típex»,
«casper» o «polvo». Tanto es así, que sus padres no le permi-
tían ir a las casas de otros niños, ni siquiera alejarse con la
bici más allá del límite de su calle por miedo a que se metieran
con él. «Tu belleza y lo que te hace único está por encima de
su estupidez», solían decirle, pero la imagen que le devolvía
la sociedad era justo la contraria. El acoso llegó a un punto de
violencia extrema cuando en su adolescencia fue apuñalado
en la espalda con un bolígrafo, lo que le provocó graves heridas de hasta quince centímetros de profundidad.

No se dio por vencido y poco a poco comenzó a ignorar a
los que rechazaban su físico y a hacerse dueño de una seguridad inquebrantable. Después de apuntarse a una escuela
de danza moderna y estudiar allí durante cinco años, Shaun
fue descubierto gracias a Youtube y dio el salto al mundo
de la moda. Al cabo del tiempo llegaron los reportajes foto-
gráficos, los contratos con diseñadores internacionales y la
fama mundial.

Aún así, Shaun Ross ha demostrado al mundo que es
mucho más que «el primer modelo albino». Ha sido capaz

de desafiar a la industria de la moda, cuyos cánones suelen ser muy rígidos, y su trayectoria y sus logros han servido de ejemplo para millones de personas, demostrando que nuestro físico no debe suponernos un obstáculo para conseguir nuestras metas. De hecho, Shaun dice detestar los desfiles donde todos son exactamente iguales, y afirma que para ser modelo no debería importar si eres alto, bajo o gordo, más o menos musculoso.

Por eso es el promotor de la campaña *In my skin I win* (En mi piel gano yo), que trata de promover la propia aceptación y el valor de la diferencia.

Capítulo 8

¿Soy adicto a las pajas?

Subscribirse 23.845.155   6.551.942 visualizaciones

➕ Añadir a   ➤ Compartir   ••• Más   👍 555.165   👎 6.329

Buah, me muero de vergüenza al decir esto, pero...

NO PUEDO PARAR

de masturbarme. Es que es superior a mis fuerzas. Sobre todo cuando paso mucho tiempo aburrido en casa, si no puedo dormir, o en época de exámenes, cuando estoy más nervioso. ¡Es como si mi mano fuera sola!

Sé que mis amigos también lo hacen porque bromeamos bastante con eso, pero no creo que lo hagan TANTÍSIMO. A veces hasta se me irrita un poco el tema. Ya sé que las pajas no te dejan ciego ni te secan el cerebro como decían cuando mi padre era joven (¡allá por la prehistoria!), pero he leído por ahí que pueden causarte impotencia o que deje de crecerte el pene. **Me mato como sea verdad...,** pero es que tampoco puedo parar. SOCORRO.

El caso es que antes me bastaba imaginarme cosas que me excitaban, pero últimamente he encontrado un par de webs en las que cuelgan vídeos bastante fuertes que **me ponen muchísimo.** Solo con ver los títulos paso de cero a cien, como la moto de Pedrosa, y como siempre tengo el móvil al lado... Cuando me aburro de esos vídeos, busco cosas nuevas. La verdad es que hay una cantidad increíble de porno en internet, y de todos los tipos. Metes lo que te apetece en el cuadro de búsqueda y ¡bingo! Lo que se dice «porno a la carta», je, je.

tetas XXXL   🎤

Buah, sale cada tía en esas películas... Y lo mejor es que parecen saber **EXACTAMENTE LO QUE ME GUSTA.** Están buenísimas y se dejan hacer de todo. La que sea mi novia tiene que ser una **EXPERTA** en todas esas cosas, je, je.

¿Ves? No solo mi mano está descontrolada, sino también mi cabeza. Y no te digo nada otras partes del cuerpo, que **suben y bajan a su bola.** A la mínima tengo una erección sin venir a cuento, y lo paso fatal tratando de ocultarlo en clase o delante de mi familia. ¿Eso es porque me hago demasiadas pajas?

Si pudiera comentarle a alguien estas dudas... Una vez mi padre me sacó el tema cuando íbamos en el coche. Buah, casi me tiro en marcha. **SEXO Y PADRES** son dos términos que no deberían ir **JAMÁS EN LA MISMA FRASE.** He mirado un par de foros en internet, pero cada uno dice una cosa. No sé a quién podría preguntarle.

¿Soy un enfermo, un obseso o qué? ¡Comenta!

BUENA SALUD

Ante todo, no pienses que eres un enfermo ni un obseso. Sencillamente estás en plena **EFERVESCENCIA SEXUAL**, y así lo manifiesta tu cuerpo. No solo con las erecciones, que son síntoma de **buena salud** y por las que no debes preocuparte en absoluto, sino con los cambios en la voz, el crecimiento del vello púbico y el aumento del apetito sexual, por ejemplo.

Tú mismo admites que cuando más te masturbas es cuando estás tenso, desvelado o aburrido, y es que se trata de un **MODO EFICAZ** para aliviar el estrés, el insomnio o la apatía. También te ayuda a **prevenir** el cáncer de próstata y a adquirir control sobre tu eyaculación, entre otros **beneficios** científicamente probados. Puedo asegurarte que no frenará el crecimiento de tu pene ni te hará impotente.

Desgraciadamente, no puedo recomendarte una **FRECUENCIA** ideal para masturbarse. Depende de la edad y de las circunstancias. Puedes hacerlo una vez a la semana o varias veces al día, siempre que no sientas que estás **forzando la maquinaria**. Si notas molestias, date un descanso, hombre. Y, si te agobias, practica deporte para descargar tensión y apaga el móvil por la noche o mantenlo alejado de ti para «evitar la tentación».

En cuanto al consumo de porno, hay diversas opiniones. Últimamente, a raíz del crecimiento de la **oferta de pornografía** disponible en internet, hay quien argumenta que, a la larga, el consumo de estas películas puede afectar a la calidad del sexo en pareja. Si te interesa mi opinión personal, yo diría que no es que no puedas ver de vez en cuando, pero te aconsejo que también practiques tus **«fantasías»** siempre que tengas ocasión, porque:

1. Aprenderás a no depender de un estímulo visual y ajeno a ti.

2. Entrenarás tu imaginación para futuras relaciones de pareja.

3. La pornografía suele presentar una imagen distorsionada de las relaciones, en la que la mujer acaba convertida en objeto, degradada y al servicio del hombre. En la vida real, el sexo debe ser consentido y buscar el placer de hombre y mujer por igual.

¡Ah, un último comentario! El sexo es una **CUESTIÓN DE SALUD**, y por tanto puedes discutirla tranquilamente con tu médico de cabecera. No solo en lo relativo a la masturbación, sino también si sospechas que tienes otros problemas como, por ejemplo, eyaculación precoz. ¡Él o ella **no van a juzgarte,** así que fuera complejos!

Te estamos redirigiendo a...

✉ Bandeja de entrada (1)

De: Un cinéfilo <recomendaciones@moviefans.es>
Asunto: *Don Jon*

¿Conoces a Joseph Gordon-Levitt? Se trata de uno de los actores más prometedores, versátiles y precoces de Hollywood. De hecho, comenzó su carrera a la asombrosa edad de cuatro años en una producción musical de *El mago de Oz*. Poco después lo contactó un agente y comenzó a trabajar en anuncios televisivos de cacao y mantequilla de cacahuete. La fama internacional llegó con su papel de extraterrestre en la telecomedia *3rd Rock from the Sun*, tras la cual Joseph hizo una pausa en su carrera para estudiar historia, literatura y poesía francesa en la Universidad de Columbia.

En 2013, sorprendió al público con su primer largometraje como director, guionista y protagonista. Se titula *Don Jon* y gira alrededor de un tema atrevido y original: ¡LA ADICCIÓN A LA PORNOGRAFÍA!

Jon, el personaje principal, es un joven que tiene una habilidad especial para conquistar a chicas distintas cada noche. Sin embargo, para él nada puede compararse a la felicidad que siente cuando se masturba frente al ordenador. Jon considera que el sexo virtual es mucho más satisfactorio al no exigirle que se preocupe por nada más que por su propio placer.

Con el tiempo, Jon decide sentar la cabeza y establece una relación con Barbara (Scarlett Johansson), que también resulta tener su propia adicción: las comedias románticas. Si Jon desearía que la vida fuera como el porno, Barbara preferiría que se pareciera a las películas de amor.

Gordon-Levitt compara así el sexo en la pornografía con el amor en las películas de Hollywood: ambas son experiencias artificiales que funcionan en la pantalla, pero no en la realidad. De hecho, en palabras del director, a un nivel más profundo la película habla de «cómo convertimos las relaciones en un objeto más, en vez de tratar de conectar con

👍 71

los otros». O sea, de la deshumanización y el individualismo que existen en la sociedad. Él mismo dice sentirse fascinado por cómo las películas (ya sean románticas o pornográficas) impactan en nuestra vida privada y crean expectativas amorosas y sexuales distorsionadas.

Finalmente, en la vida de Jon aparece Esther (Julianne Moore), una mujer madura que le enseñará a disfrutar de una relación basada en la generosidad y la intimidad compartida.

Y es quizá a través de ella como Joseph Gordon-Levitt expresa su propia opinión sobre el sexo y el amor:

Capítulo 9
Ojalá fuera invisible

¡Cúbreme, Luci!

Yo..., a ver... Quería preguntar una cosa, pero... lo que pasa... Uf. Esto me va a costar.

Mejor si empiezo por el principio.

Soy tímido, ¿vale?
Pero muy, muy tímido.

Lo que para otros es un día normal, para mí es una tortura desde que salgo de casa por la mañana. Me paso el viaje en metro mirando al suelo, intentando no mirar a nadie y que **NADIE ME MIRE.** Incluso, si el tren va muy lleno, lo dejo pasar para no agobiarme. A veces me preguntan algo o me paran para una encuesta de esas y yo me concentro en mi música y sigo de largo. Pensarán que soy un borde. Uf, ojalá.

Lo peor empieza en clase. Me siento en mi esquina y trato de pasar desapercibido durante cinco o seis horas. Es tan agotador, sobre todo en los descansos, que tengo que ponerme a fingir que hago algo para ocupar el tiempo.

Tampoco es que mis compañeros de clase suelan acercarse... y eso es aún peor. **APENAS TENGO CON QUIEN HABLAR.** Tenía dos amigos medio hechos, pero últimamente se juntan con un grupo más grande. A veces hago el esfuerzo y voy con ellos, pero siempre acabo soltando alguna chorrada en voz tan baja que nadie me escucha. Y, si lo escuchan, se hace el silencio. Soy un *forever alone* en toda regla.

De todos modos, los que más te ponen en ridículo son los profesores. «Ya sé que eres tímido», me dijo el de inglés, «¡solo te pido que salgas a leer!». ¿No saben que si me llaman «tímido» me cierro en banda? ¿No se dan cuenta de cómo empiezan a sudarme las manos cuando la gente me mira? ¡Uf, es que hasta me arde el estómago! De verdad, en serio,

¿NO PODRÍAN DEJARME A MI BOLA?

Bueno, el caso es que ayer le debí de dar pena a una de clase y me invitó a su cumpleaños. Tengo el regalo y estoy vestido y casi decidido... O estaba, porque ahora solo de pensar en encontrarme entre un montón de gente desconocida me dan ganas de ir al baño (al de casa, a otro no puedo). Ni siquiera se lo he dicho a mis padres, porque ya estarían aquí presionándome para que fuese.

Lo que quería preguntar es, bueno, sé que el alcohol ayuda a vencer la timidez y mis padres tienen por ahí una botella de ginebra que ni han abierto. ¿Vosotros creéis que debería?...

¿UN TRAGUITO?

No sabes lo mucho que me suena lo que cuentas, y es que yo también fui un joven tremendamente tímido. Mentiría si dijera que ahora soy la persona más extrovertida del mundo, pero poco a poco conseguí que la timidez dejara de **ser un obstáculo** en mi vida, hasta el punto de llegar a ser capaz de hablar delante de un montón de lectores desconocidos sin apenas ansiedad. Y controlarla resultó mucho más sencillo de lo que esperaba.

Ante todo, **deja de culparte.** Ser tímido no es un estigma ni una enfermedad, es parte de tu carácter. Sin embargo, si no nos quitamos la timidez de la cabeza, la convertimos en algo trágico que nos paraliza y deforma la percepción sobre nosotros mismos (¡hasta hacerte creer que si alguien se dirige a ti es por pena!) En realidad nadie le dará tanta importancia a tu timidez como tú... Sencillamente porque cada uno está preocupado con sus propios complejos. ¿O acaso los demás son perfectos?

Dicho esto, aprender a controlar la timidez no es una carrera de velocidad, sino de resistencia. Se trata de ser constante y avanzar mediante **pequeños pasos:**

Busca a alguien de confianza con quien hablar abiertamente del tema: tus padres, tus hermanos, algún amigo... Diles cómo te sientes y pide que te ayuden a reproducir esas situaciones sociales que te crean ansiedad. ¿Con qué frase empezarían ellos una conversación en una fiesta? ¿Cómo saludarían a un desconocido? ¿Qué dirían si no saben responder a la pregunta de un profesor?

El control de la ansiedad física también podrá mitigar tu timidez. **PRACTICA DELANTE DEL ESPEJO:** respira hondo durante unos segundos, baja los hombros, busca una postura relajada y mírate a los ojos. Después haz esos ejercicios fuera de casa. Prueba a establecer un breve contacto visual con otras personas hasta que deje de resultarte incómodo.

Sal poco a poco de tu «zona de confort» y aventúrate en situaciones sociales, de menos a más difíciles: sonreír a tus vecinos, hablar con un compañero, preguntar en clase, asistir a una fiesta Eso sí, **NO TE AYUDES DEL ALCOHOL O LAS DROGAS.** Solo conseguirías una falsa sensación de seguridad que no resultaría agradable ni engañaría a nadie.

Por último, te pregunto: **¿A qué tememos** exactamente cuando somos tímidos? ¿A meter la pata? ¿A que alguien pueda formarse una opinión negativa de nosotros? La verdad, eso ocurrirá hagamos lo que hagamos. Más vale arriesgarse a un batacazo que no vivir en absoluto.

Te estamos redirigiendo a...

✉️ Bandeja de entrada (1)

De: Profesor Crouch <Donald@brethrenhighschool.com>
Asunto: Una voz inconfundible

Mi nombre es Donald Crouch y, durante muchos años, ejercí como profesor de lengua inglesa en un instituto de Michigan. Precisamente hoy te escribo para hablarte de uno de mis antiguos alumnos. ¿Te suena el nombre de James Earl Jones?

Al menos su voz profunda y vibrante sí que debería sonarte, puesto que fue James quien se la prestó a personajes tan conocidos como Darth Vader de *Star Wars* o Mufasa de *El Rey León*. Además, durante sus sesenta años de trayectoria profesional, ha recibido numerosos galardones y se le considera uno de los intérpretes más versátiles de Estados Unidos.

Apuesto a que te costará creer que, de niño, James se mantuvo prácticamente mudo durante ocho años. Y todo debido a la timidez que le producía tartamudear. El pobre cuenta que, cuando leía en voz alta en la escuela, todos estallaban en carcajadas. A raíz de las burlas, su tartamudeo empeoró tanto que renunció a usar su voz. Solo se comunicaba con su familia y con los animales de su granja.

Tuve la suerte de conocerlo cuando se matriculó en mi instituto. Enseguida descubrí que tenía grandes dotes para escribir poesía. Un día le dije: «Jim, este poema es demasiado bueno, has debido de copiarlo de alguna parte». Al negarlo, le dije que solo le creería si salía a recitar aquellos versos de memoria y frente a la clase. Y lo hizo sin balbucear, quizá porque aquellas palabras salían de su corazón más que de su boca.

El caso es que, ya más confiado, James se animó a unirse al club de debate y al grupo de arte dramático y acabó por graduarse como subdelegado de clase. Hasta renunció a su idea de convertirse en médico para seguir su vocación de actor. Y triunfó, vaya si lo hizo.

Gracias a su talento, James ha trabajado sin descanso

para el cine, el teatro y la televisión en una industria que suele ofrecer pocas oportunidades a los actores de color. La revista *Newsweek* dijo de él que «sin importar si su papel es de héroe o de villano, interpreta a sus personajes con enorme talento, coraje, matices y sensibilidad». Por otro lado, también es conocido por su extraordinario sentido del humor, como ha demostrado al parodiarse a sí mismo en varios episodios de la exitosa serie *The Big Bang Theory*.

Créeme: si él pudo, cualquiera puede.

Capítulo 10
Lo quiero, lo necesito…, ¡cómpramelo!

Bueno, pues mis padres me dicen que están perfectas y que aún me tienen que durar hasta el verano. Claro, ¡porque no son ellos los que tienen que ponérselas! Ahora soy el único **PRINGAO DE LA CLASE** que lleva unas zapatillas de hace un año que ya no las encuentras ni en Modas Loli. Estoy tratando de machacarlas todo lo que puedo y las he roto un poquillo por un lado para ver si acaban por desintegrarse solas.

Lo que les pasa a mis padres es que llevan unas semanas con el rollo de que ya me compraron el FIFA por las notas de febrero. ¡Son cosas distintas! Lo del videojuego fue porque en el segundo trimestre remonté el pinchazo del primero y aprobé todas menos dos. Digo yo que 𝕒𝕝𝕘ú𝕟 𝕡𝕣𝕖𝕞𝕚𝕠 𝕞𝕖𝕣𝕖𝕔𝕖𝕣í𝕒 por el esfuerzo. Les he prometido que, si me compran las zapatillas, no bajo de notable en el tercer trimestre, pero no ha colado.

Mi madre es la más tacaña. Siempre con el rollo de «pero ¿tú sabes lo que cuesta la luz?», «¿tú sabes lo que cuesta el gas?», «¿tú sabes lo que cuesta la comida?». Yo lo que sé es que a ellos nadie les pide explicaciones a la hora de dejarse la pasta, y yo voy por la vida de mendigo **ZARRAPASTROSO.**

A mi padre le va más lo de ir de compras, pero en plan «cheque-ahorro». ¿Pues no me dice el otro día en el supermercado que me compra unas **𝐝𝐞𝐩𝐨𝐑𝐓𝐢𝐯𝐚𝐬 𝐨𝐮𝐓𝐑𝐞𝐒** de 12 euros? Y solo porque las otras me molestan (les dije que me hacían daño, que no suele fallar). Si quiere, mejor me pongo bolsas del súper en los pies. Total, que al final todo lo que saqué fue una gorra en oferta.

A ver, lo digo claro: **yo lo que necesito** son unas Adidas DoubleBounce negras, número 42. Y ya no es solo lo guais que se ven en los anuncios, es que tienen un diseño moderno con un toque retro chulísimo, cámara de aire para reducir el impacto, doble sistema de sujeción con velcro, y encima las anuncian algunos de los mejores futbolistas del mundo. Pues si ellos no saben de zapatillas deportivas, tú me dirás.

En fin, que empiezo oficialmente mi campaña de *crowdfunding*. ¿Quién se anima a hacer una donación?

No quiero sonar *viejuno* y decir que de niño me fabricaba los juguetes con cuerdas y cajas de cartón. En realidad, no me faltó de nada. De nada de lo **IMPRESCINDIBLE**, quiero decir, y ni siquiera algunas cosas superfluas. De estas últimas me avergüenzo un poco, pues fueron puros caprichos.

Cuando eras un niño, ni te imaginabas que el dinero no crecía en los árboles y es lógico que lo quisieras todo. Tal vez tus padres no fueron siempre responsables al concederte lo que exigías. La educación para un **CONSUMO RESPONSABLE** comienza en la infancia.

Ahora ya eres mayor y sabes lo que cuestan las cosas. Consumir compulsivamente y, sobre todo, pensar que tienes derecho a tener todo lo que se te antoje, es un error del que resultas el **PRIMER PERJUDICADO.**

REBAJAS

En primer lugar, desde un punto de vista racional, no necesitas tantas cosas. Acumular ropa, tecnología u otros productos solo te hará restar valor al esfuerzo que cuesta adquirirlos, que no aprecies lo que posees y que dependas más y más de lo material para ser feliz. Es fácil **caer en el engaño** cuando se vive una sociedad donde damos más importancia al «tener» que al «ser» y donde ir de compras se ha convertido en nuestro pasatiempo favorito. Como ovejas tras el rebaño.

> ¡Mierda, el móvil nuevo!

> ¡No se te habrá roto!

> No, él está bien.

En cuanto a las marcas y la moda, son otra **TRAMPA.** Un truco de la sociedad consumista que, a través de la todopoderosa y engañosa publicidad, otorga prestigio a un logotipo para convertirlo en un signo de estatus. Como si por poseer ciertas zapatillas fueras más feliz o exitoso que llevando otras (¿te hace más guay la famosa «cámara de aire»?). Eso por no mencionar que muchas de esas multinacionales dependen de la **EXPLOTACIÓN LABORAL** en el tercer mundo.

Además, y perdona, siempre parecen exigir más los que menos lo merecen. Aprobar unas cuantas asignaturas no es motivo para obtener un regalo carísimo, y menos aún por una vaga promesa de que «te esforzarás». La recompensa por esforzarse académicamente son unas buenas calificaciones, no un móvil nuevo o un videojuego. Tampoco el que un compañero lo tenga te da derecho a exigirlo a ti. Al contrario, **LO INTELIGENTE SERÍA COMPARTIR.** En un mundo cuyos recursos se agotan, es fundamental un consumo responsable.

La próxima vez, en lugar de pedir que te compren algo, podrías contribuir con ese dinero a alguna causa solidaria, la que tú mismo elijas. Será un buen *zasca* para tus padres, pero un *ZASCA SOLIDARIO* del que se sentirán **ORGULLOSOS.**

Te estamos redirigiendo a...

✉ Bandeja de entrada (1)

De: Futbolero19 <victoriaesmidestino@sports.br>
Asunto: Estrellas que jugaron descalzas

Ya sabes que numerosos deportistas sirven de imagen publicitaria a famosas marcas de ropa, calzado deportivo y otros productos. Y es que para muchos consumidores, en especial para los más jóvenes, el precio es lo de menos con tal de poder imitar a sus ídolos. Sin embargo, ¿te has preguntado alguna vez si los propios deportistas hubieran podido comprar de pequeños los productos que ahora anuncian?

Algunos futbolistas que hoy firman contratos multimillonarios proceden de familias muy humildes. Latinoamérica, por ejemplo, es una de las grandes canteras del fútbol mundial, y es verdadera pasión por este deporte la que existe en países como Brasil y Argentina. Al mismo tiempo, ambas naciones muestran altos índices de pobreza y desigualdad.

Pelé, el ídolo brasileño al que apodaron el Rey, y que muchos consideran el mejor futbolista de la historia, tuvo una infancia dura. Su padre, también jugador profesional, sufrió una lesión que le obligó a retirarse. Con solo siete años, Pelé empezó a trabajar como limpiabotas mientras jugaba en la calle descalzo y con balones hechos con trapos y calcetines viejos.

Al argentino Carlos Tévez fue a buscarlo a su casa, en los suburbios de Buenos Aires, el entrenador del club de fútbol infantil All Boys. Le interesaba fichar a Carlos después de ver su habilidad entrenando con... una piedra. Su padre adoptivo repuso, avergonzado: «No te lo puedo dejar, porque no tiene zapatillas para jugar». Afortunadamente, el entrenador fue lo bastante inteligente como para insistir: «Le puedo conseguir unas prestadas, déjamelo llevar».

Sergio «Kun» Agüero pasó toda su infancia en uno de los barrios más pobres y peligrosos de Buenos Aires, y afirma

87

que hasta los quince años, cuando ya se perfilaba como una gran promesa del deporte, no pudo empezar a comer lo que quiso. Hasta ese momento, su familia tenía que administrar cuidadosamente cada ración de comida, y a menudo se iba a la cama sin cenar.

Ronaldinho, que brilló en el PSG, en el Barça y en el Milan, creció en una precaria casa de madera, en un barrio de favelas brasileño. En más de una ocasión ha confesado que, en sus peores pesadillas, regresa a la favela. Ángel di María, el Fideo, repartía sacos de carbón y leña para ayudar al mantenimiento de su familia.

Después de triunfar, y a lo largo de su carrera, todos ellos han contribuido en causas solidarias, a menudo contra la pobreza infantil.

De esto que voy a contar no puede enterarse nadie, por eso no voy a dar nombres ni a enseñar la cara. Pero es que tampoco puedo callarme.

A un pobre chaval de mi clase le están hundiendo la vida.

No tengo ni idea de cómo **EMPEZÓ EL TEMA.** Vale que el chico es bastante raro y paradito, no sé cómo explicaros. Como que va pidiendo perdón por existir.

A mí tampoco me cayó bien cuando entró a nuestra clase, así que igual yo también me pasé un poco con las bromas, no sé... **Era solo por reírnos.** Pero lo que le están haciendo me duele hasta a mí.

Ya no son solo los insultos y las bromas, que tienen un pase. Es que **NO LE DEJAN EN PAZ.** En realidad el que le putea es siempre el mismo, un tío al que se le cruzan un poco los cables, pero que va con otros que le aplauden las gracias. La última ha sido bajarle los pantalones en gimnasia. Y no les importa si hay alguien delante. Al contrario. Cuanto más público, mejor, porque encima la gente va y se ríe o, como mucho, mira para otro lado. Hombre, también es un poco culpa del chaval por no pararles los pies de primeras.

YO LES HABRÍA PUESTO EN SU SITIO.

Y te juro que no he participado en nada. Vale que tampoco he salido a defenderlo, pero siempre me he quedado **AL MARGEN.** Lo que pasa es que el otro día estábamos en el baño con él otro amigo y yo y entraron los locos estos y lo acorralaron y empezaron a llamarle «gay» y «caramierda». Mi amigo les pidió que lo dejaran en paz y empezaron a preguntarle que si era su novio o qué. Total, que al final casi salimos corriendo.

¡No hice nada, tío! No sé, igual hasta fingí que me reía para que no la tomaran conmigo.

ME SiENtO UN COBARDE. Pero ¿qué hubieras hecho tú?

Además, ya hay profesores que lo saben, eso seguro, pero por el momento han **MIRADO PARA OTRO LADO.** ¿No deberían ser ellos quienes actúen antes de que le den una paliza o algo peor? No pueden esperar que nosotros nos chivemos. Si te conviertes en chivato, sí que la has cagado para siempre. Es la ley del silencio.

No sé qué hacer. ¿Y si mi amigo o yo somos los siguientes?

Al pobre le gustaba demasiado cantar...

¡Te han dejado un comentario!

Paradójicamente, pese a que el **ACOSO ESCOLAR** tiene cada vez mayor visibilidad, mayor respuesta y mayor sensibilización social, se trata de un fenómeno en aumento: disminuye la edad de los acosadores y crecen el número y la **VIOLENCIA** de las agresiones, en parte debido al *cyberbulling*.

Lo más lamentable de la dictadura del terror que ejercen los acosadores es que, hasta que nos convertimos en sus víctimas, la mayoría los amparamos con nuestro **SILENCIO CÓMPLICE.**

¡Sí, cómplice! En el fenómeno del acoso no solo están implicados **víctima** y **agresor.** Es, en realidad, el **ESPECTADOR,** el que lo permite y no denuncia (aplaudiéndolo o mirando para otro lado), el que más fácilmente podría detenerlo.

No importa si el acosado es tu mejor amigo o alguien que no te cae simpático. Tampoco puedes diferenciar entre lo que tiene gracia o lo que no. Si un compañero es despreciado e insultado sistemáticamente, **CORTA POR LO SANO.** Su sufrimiento está por encima de cualquier otra consideración y, por supuesto, muy por encima de cualquier estúpido «código de honor». Ayudarle a **ESCAPAR DE LA SITUACIÓN** es la única opción ética. Eso no es ser un chivato, es un principio básico de la solidaridad.

No le culpes por no «saber defenderse». Una situación de acoso de la que todos participan de una forma u otra hundiría la autoestima y la moral de cualquiera. Ponte en el lugar del otro. Aunque es lamentable que haya compañeros que aplaudan la situación, o profesores que hagan la vista gorda, tú solo puedes responder de ti mismo. Ahora sabes que no hiciste bien en sumarte a las bromas, pero aún puedes ser de mucha ayuda. El mensaje que te doy es claro: **no lo permitas.**

Si presencias una situación clara de acoso y crees que no peligra tu seguridad, trata de **DETENERLA MEDIANTE EL DIÁLOGO** (¡nunca mediante la violencia!). En caso contrario, busca la ayuda de un adulto.

NO DES DE LADO A LA VÍCTIMA. Demuéstrale que estás de su parte, trata de que cuente el caso a sus familiares o profesores u ofrécete a hacerlo en su nombre. Puedes implicar a otros compañeros o a personal del centro. El miedo puede paralizarnos individualmente, pero la unión hace la fuerza.

DENUNCIA. Algunos centros tienen buzones u otros mecanismos para informar de posibles agresiones. Si no, recurre al teléfono contra el acoso escolar **(900 018 018),** donde te atenderán a cualquier hora del día. En ambos casos tu anonimato quedará protegido.

Para mí no serás un chivato,
SERÁS UN HÉROE.

Te estamos redirigiendo a...

✉ Bandeja de entrada (1)

De: Feng-Shan <hofengshan@consuladochino.at>
Asunto: Primero vinieron a por los judíos

Saludos. Me llamo Feng-Shan Ho, aunque lo más seguro es que mi nombre te resulte del todo desconocido. Y así debe ser, pues nunca pretendí pasar a la historia como un héroe. De hecho, lo que voy a contarte solo se hizo público tras mi muerte.

Déjame aclarar primero que nací en Yiyang, una localidad rural del sur de China, en 1901. Quedé huérfano a los siete años, pero con aplicación y esfuerzo logré al fin doctorarme en economía política en la Universidad de Múnich y convertirme en diplomático. Gracias a mi dominio del alemán, en 1937 fui destinado al consulado chino en Viena.

Justo al año siguiente, el Tercer Reich de Hitler se anexionó Austria y comenzó la persecución sistemática de la población judía. Yo no soy judío. Ni siquiera alemán o austriaco. Pero presencié el miedo, la desesperación, el acoso al que sometían a los judíos. Desobedeciendo las órdenes de mi superior, el embajador chino en Berlín, comencé a expedir visados para que pudieran escapar de aquel régimen terrorista.

Fui investigado y amonestado, pero no me importó. Los visados eran la única esperanza de muchos para poder escapar de Austria y de los campos de concentración. Mi hija Manli asegura que otorgué más de cuatro mil. Fue ella quien, ya después de mi muerte, recogió en mi nombre el título honorífico de Justo entre las Naciones que otorga Israel.

No hice más que lo correcto. Mi contemporáneo, el pastor luterano Martin Niemöller, lo explicó muy bien en un breve discurso que acabó convirtiéndose en un poema muy popular. Niemöller, que en un principio fue partidario del régimen de Hitler, finalmente fue detenido y juzgado por oponerse al control nazi sobre las iglesias. Acabó, como tantos otros, recluido durante siete años en los campos de concentración de Sachsenhausen y Dachau. Precisamente, en su poema denuncia cómo la insolidaridad de los que no son perseguidos acaba por volverse en su contra. El texto es conocido como «Primero vinieron…», y esta es una de sus múltiples versiones:

Primero vinieron a por los comunistas,
y yo no dije nada porque no era comunista.
Entonces vinieron a por los judíos,
y yo no dije nada porque no era judío.
Después vinieron a por los sindicalistas,
y yo no dije nada porque no era sindicalista.
Luego vinieron a por los católicos,
y yo no dije nada porque no era católico.
Al fin vinieron a por mí,
y ya no quedaba nadie que dijera nada.

Capítulo 12

¿De qué se quejan las chicas?

¿Y esta qué dice?

De: Laura

ERES MACHISTA...

Y LO SABES...

Subscribirse 23.845.155

6.551.942 visualizaciones

Añadir a   Compartir   ••• Más

555.165   6.329

Antes de todo, **QUIERO QUE SEPAS QUE YO NO SOY MACHISTA.**

Ya sé que las mujeres lo han pasado mal durante años: que no tenían derechos, que no podían trabajar en lo que quisieran, que tenían que hacer lo que decía su marido. Bastante nos insiste con todo eso la profe de historia. Pero, por suerte, la cosa ha cambiado mucho, ¿no?

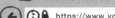
Hoy en día ya pueden estudiar, trabajar, tienen un montón de leyes que las protegen... Por eso no entiendo por qué justo ahora se ponen a acusarnos a los hombres de machistas. Lo de que todos somos iguales me lo han enseñado a mí en mi familia desde pequeño, que ya sabía que tenía que ayudar a mi madre a poner la mesa y a las cosas de la casa. Pero, como dice mi padre, por mucho que queramos tampoco podemos ser iguales en todo.

NOSOTROS SOMOS MÁS FUERTES

por naturaleza, y hay trabajos (o incluso deportes) que se nos dan mejor. Ellas, que son más sensibles, saben cuidar mejor de los hijos, por ejemplo.

Por eso me molesta un poco que las «feminazis» de internet digan ahora que las discriminamos, que las tenemos sometidas y las acosamos. A ver, si ciertas chicas no quieren que las miren, quizá no deberían vestir como visten. Tampoco me parece bien que te provoquen para luego ECHARSE ATRÁS en el último momento. Y resulta que, si les insisto, soy yo el acosador. Lo de la discriminación tampoco es cierto. En mi clase no te suspenden por ser mujer. Si acaso, alguna aprueba camelándose al profesor. Y no creas, luego las primeras que las critican a sus espaldas son las demás chicas, aunque después vayan de amiguitas.

De las ʊǝ∩Ʇⓐ⅃ⓐ5, en cambio, nadie dice nada. Por ponerte un ejemplo, en muchos garitos dejan entrar gratis a las tías. También tienen muchas asociaciones y leyes que las defienden. Los jueces **SIEMPRE LES DAN LA RAZÓN** con el tema de las agresiones o la custodia de los hijos...

Yo reconozco que hay tíos muy gañanes, pero, por favor, que no nos metan a todos en el mismo saco. La mayoría somos buena gente. «Caballerosos», como dice mi abuela. ¿Y saben lo que van a conseguir las feministas? Que al final esto se convierta en UNA GUERRA y nos volvamos machistas todos.

Es cierto que se han producido grandes avances en lo que respecta a los derechos de la mujer. Sin embargo, estos progresos también han generado una radicalización de las posturas. De pronto, muchos chicos parecen sentirse «amenazados». Comprende que el feminismo no lucha **CONTRA LOS HOMBRES** ni pretende someterlos. Lucha contra el machismo. Y en eso todos estamos del mismo lado, por eso es tan importante cambiar el chip.

Usa tu sentido crítico y no te dejes arrastrar por el clima de crispación. A veces se leen barbaridades contra los hombres que desprestigian la causa feminista, pero no representan a la mayoría. Solo mira a tu alrededor y descubre el machismo del que aún somos víctimas. Incluso tú habrás tenido que soportar expresiones como «no llores, no seas nenaza» o «sé fuerte como un hombre». Es una oscura herencia que arrastramos y de la que a menudo no somos conscientes.

Por ejemplo, aún pareces pensar que el éxito de una mujer depende de su físico y no de su talento. ¿En serio lo envidias? ¿Que todos crean que si apruebas o consigues un trabajo es gracias a tu cuerpo? Es ofensivo y da a entender que, en el fondo, cualquier logro femenino depende de un hombre. Lo mismo pasa con esa supuesta «ventaja» de entrar gratis a las discotecas. No pretenden más que convertir a las mujeres en mercancía, en ganado para atraer al público masculino.

HASTA A TI TE TRATAN COMO A UN BORREGO.

El cuerpo de la mujer no es un escaparate dedicado al hombre, así que no debería estar expuesta al juicio de la sociedad por su forma de vestir, su peso o por si lleva más o menos ropa.

Es tan dueña de su anatomía como tú.

Además, lo es hasta el final y con todas las consecuencias. Jamás supongas que una mujer tiene que satisfacer tus deseos solo porque «te hayas sentido provocado». ESE NO ES SU PROBLEMA.

Tampoco están «programadas» para cuidar de los niños o limpiar la casa, lo mismo que tú no lo estás para cazar o ganar dinero. Eso son viejos prejuicios y excusas para no aceptar las propias responsabilidades. Los chicos no estamos para «ser corteses y ayudar», sino para «compartir tareas». Las chicas no necesitan caballeros sino **COMPAÑEROS.**

Habría mucho más que decir , pero solo añado una cosa: el feminismo, o la **la lucha por la igualdad** de género, no solo beneficia a tu madre, a tus hermanas o amigas, también te beneficia a ti. Te ayudará a ser quien quieras ser, y no lo que la gente espera de ti por ser hombre.

Te estamos redirigiendo a...

✉ Bandeja de entrada (1)

De: Mafalda <queascodesopa@libertad.ar>
Asunto: Me dibujaron rebelde

Por una vez, permíteme que sea una chica la que se cuela en tu correo. Bueno, una niña. Una de más de cincuenta años, eso sí. Me llamo Mafalda y podría decirse que soy hija del dibujante que me creó: Joaquín Salvador Lavado o, si lo prefieres, Quino.

Quino, aunque de padres andaluces, nació en Mendoza (Argentina) en 1932. Tras terminar sus estudios de primaria, se inscribió en la Escuela de Bellas Artes, pero años más tarde la abandonaría para dedicarse exclusivamente a la historieta y al humorismo gráfico. A lo largo de su prolífica carrera, ha recibido un montón de reconocimientos internacionales, como por ejemplo el Premio Príncipe de Asturias.

Y en cuanto a mí, ¿qué puedo decir? Aunque te cueste creerlo, me diseñaron para aparecer en una campaña publicitaria para electrodomésticos que finalmente se canceló. Por suerte, el director de la revista *Primera Plana* intuyó el potencial de mi personaje y aparecí por primera vez en 1964.

Desde siempre fui una niña rebelde. En aquellos años sesenta en Argentina, a mí se me consideraba una provocadora: siempre cuestionando y denunciando la corrupción política, las dictaduras militares, las injusticias sociales y, cómo no, las desigualdades de género.

Aunque me dé apuro decirlo, yo representaba las nuevas aspiraciones profesionales e igualitarias de la mujer. Y, al mismo tiempo, serví de inspiración para las jóvenes intelectuales de la época, que empezaban a cuestionar el rol que la sociedad les asignaba por haber nacido chicas. Se esperaba de ellas que se mantuvieran dentro del ámbito doméstico, que fueran serviciales, dulces, pasivas y se preocupasen por su aspecto, el hogar y los hijos. Qué risa. Pues yo aún sigo soñando con ser intérprete en la ONU y trabajar en pos de la paz, la justicia y la igualdad.

Por todo eso estoy tan orgullosa de mi «padre» Quino. Porque, aun siendo hombre, supo alzar la voz (o el lápiz) en defensa de los derechos y libertades de las mujeres. Y por hacerme decir cosas como:

¡Yo jugaré un papel, no un trapo, en la historia de la humanidad!

Capítulo 13

Antes suspenso que empollón

Llevo desde primaria esforzándome para sacar buenas notas. Y acabo de darme cuenta de que todo mi trabajo de años solo me ha servido para una cosa: para que me otorguen el

TÍTULO OFICIAL DE EMPOLLÓN.

La palabra en sí es lo de menos, porque hasta mis amigos llevan llamándomelo desde primaria. Ya me lo tomo a broma.

EMPOLLONIS MARGINADUS

Casi son peores los que no te lo llaman pero te tratan como un **bicho raro.** Solo porque se me da bien estudiar ya piensan que soy un nerdo, un chivato, un pelota, un marginado sin vida social. ¿Es mi culpa si saco buenas notas?

Si pregunto en clase, resoplan. Si hago un trabajo optativo, protestan porque ellos no han podido hacerlo. Si me ven hablando con un profesor, todo son miraditas de reojo. Y prepárate si te atreves a pedir que te revisen un examen aunque hayas aprobado. ¡Como si lo hiciera por chulearme! Aunque cuando llega la época de exámenes bien que se me acercan a **GORRONEAR APUNTES.** Y a veces soy tan idiota que voy y se los dejo.

Antes, por lo menos, mis padres se alegraban un montón por mis notas. Ahora se han acostumbrado tanto que, como mucho, dicen «¡qué bien!». En cambio a mi hermana, que no suele pasar del cinco, le montan una fiesta cuando aprueba. **ME PARECE SUPERINJUSTO.**

Pero he decidido que todo esto se acabó. No merece la pena, así que he empezado **a hacerme el tonto.** Hoy mismo el de lengua ha preguntado en clase y ¡zum!, me he cerrado como el *batmovil.* Al ver que nadie contestaba, me ha mirado a los ojos y ha dicho: «¿Roberto, lo sabes tú?». Y me he mordido la lengua y he dicho que no.

Claro que lo sabía, ¡lo increíble es que no lo supieran los demás, si lleva con eso todo el curso! Creo que le ha decepcionado un poco, pero no nos engañemos: si caes mejor a tus profes que a tus compañeros, **tienes un problema.** Ellos no van a llamarte para quedar un viernes.

Tampoco es que con el grupo de los de clase me lo pase muy bien cuando salgo. Yo prefiero estar con un par de personas y hablar tranquilamente. O incluso quedarme leyendo un libro o un cómic. Pero si **para encajar** tengo que hacer un poco el burro y hablar solo de chorradas..., pues lo hago.

POR OTRO LADO, ME DA PEREZA SOLO PENSARLO.

¡Te han dejado un comentario!

Las etiquetas que nos cuelgan durante la juventud pueden **MARCARNOS DE POR VIDA.** El «empollón», la «marginada», el «torpe», la «payasa»... Lo más lamentable es que se trata de un sufrimiento inútil: cuando eres adulto, esas etiquetas no le importarán a nadie. Tendrás amigos que fueron brillantes en los estudios y otros a los que siempre suspendían. Pero aquel dolor adolescente puede quedarse con nosotros, carcomiéndonos. Por eso es importante que hoy mismo tomes una decisión: la de **no darles** a tus compañeros **EL PODER DE DECIDIR** quién eres.

Por otro lado, que los demás te critiquen por ser un buen estudiante demuestra que la gente siempre tendrá algo que decir de ti, **hagas las cosas bien o mal.** ¡Es estupendo que saques buenas notas! Parece como si nos presionaran para no

108

destacar a cambio de encajar a toda costa. Estudia, pregunta, trabaja y habla con tus profesores. Para mí, eso no te convierte en un «empollón», sino en alguien de quien tomar ejemplo. ¿Vas a sacrificar tu talento por lo que piensen los demás? **SERÍA UNA LOCURA.**

No se trata de que seas altivo y te separes del resto. Al contrario. Una cosa son los resultados académicos y otra las relaciones sociales. Demuestra que sacar buenas notas no es motivo para sentirse un bicho raro. **IGNORA LAS CRÍTICAS,** que seguramente solo son un mecanismo de defensa contra alguien que les hace sentirse en desventaja. Pero que no te hagan parecer a ti el culpable. Eso es algo con lo que ellos, no tú, tienen que lidiar. Después de todo, a clase se va a aprender, ¿no?

Sé que a veces la recompensa pasa desapercibida. Normalmente padres y profesores tratan de animar a los peores estudiantes, a los que necesitan una motivación extra. Es natural. Pero no lo olvides: **tu premio es personal** y lo recibes día a día, convirtiéndote en una persona más culta, más preparada y con más opciones para su futura vida profesional.

Y es que estudiar no te vuelve aburrido. ¡Es justo al revés! Por eso precisamente buscas formas de ocio más enriquecedoras. Porque estudiar, aprender, ampliar tus intereses... no solo te reporta buenas notas. Te hace más interesante y **hasta más divertido.** Siguiendo por ese camino, que a veces es duro, irás encontrando a gente que te comprenda mejor y con la que compartir tu pasión por saber, cada día, un poco más.

Te estamos redirigiendo a...

De: Paul Walker <pwalker@thefastandthefurious.com>
Asunto: Mi amigo Vin

Hey. Me llamo Paul, Paul Walker. Tal vez me conozcas por mi papel protagonista en las películas de *The Fast and the Furious*. Hasta que un desgraciado accidente truncó mi vida en 2013, el policía al que interpretaba en la saga trataba de dar caza al exconvicto Dom Toretto, papel que le iba que ni pintado a mi amigo –y casi hermano– Vin Diesel.

Y es que seguramente recuerdas las pintas que lleva Vin. Con su cabeza afeitada, el rostro ceñudo y ese enorme cuerpo de luchador, cualquiera lo tomaría por el abusón de clase. Pero no puedes juzgar un libro por su cubierta. Aunque Vin no completó su carrera de filología inglesa, porque quiso dedicarse en exclusiva a la interpretación, fue un buen estudiante con pésimas habilidades sociales y, sobre todo, con aficiones de «bicho raro». Ya sabes, lo que los anglosajones llamamos *nerd.*

Por ejemplo, no hace mucho Vin reveló que desde adolescente es un auténtico friki del juego de rol de fantasía heroica Dungeons and Dragons. Incluso ha enseñado a jugar a otras celebridades de Hollywood y lleva tatuado el nombre del personaje que ha usado en sus partidas durante décadas: Melkor.

También es muy aficionado a leer cómics (por ejemplo, las series de *Los Inhumanos* y *Los Vengadores* de Marvel) y a los videojuegos. De hecho, en 2002 creó Tigon Studios, su propia empresa desarrolladora de *software* de entretenimiento. Ante todo, lo que pretendía era evitar que se hicieran malos productos con sus películas.

Además, es gran amigo de uno de los *nerds* más célebres del mundo: Mark Zuckerberg, creador de Facebook. Mark y

Vin, que mantienen el contacto a través de la famosa red social, comparten desde niños pasión por la ciencia y las matemáticas y, contra todo pronóstico, se admiran mucho mutuamente.

Diesel, que por cierto fue el primer actor en superar los cien millones de seguidores en su página de Facebook, afirmó en una conversación en directo entre ambos que le encantaría que su amigo participara en una de sus películas. Por su parte, Zuckerberg dijo sentirse sorprendido al saber que Vin era, como él, un auténtico *nerd.*

Capítulo 14
Se vende hermano

> ¡MAMÁAAAAAAAAAA!
> ¡FERMÍN ME HA DICHO TOOOOOOOOONTO!

¡FERMÍIIIIIIIIIIIIIIIIIN!

O si no, **LO REGALO DIRECTAMENTE.**

Os cuento: somos tres, pero la mayor ya vive fuera. A esa conseguí echarla, je, je. No, en serio: con ella era más soportable. De pequeños nos llevábamos a matar, pero luego empezó a encerrarse en su cuarto y a pasar de mí. Y al final, yo de ella. Ahora hasta nos queremos..., pero ¡no lo cuentes por ahí,

QUE ME HUNDES LA REPUTACIÓN!

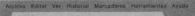

Mi archienemigo es **el pequeño,** un criajo con tanta maldad que parece un supervillano de película. Y es que el chaval, delante de mis padres, va **de mosquita muerta.** Por eso, y por ser el pequeño, se lleva siempre todos los caprichos, los regalos y los mimos. Ojo, que yo ya estoy mayor para mimos. Pero es que él los tiene dominados.

Pase lo que pase, siempre **me la cargo yo.** Ayer pilló una rabieta y me dio una patada en la espinilla que casi veo las estrellas. Yo, a ver qué voy a hacer, lo empujé. Si es un «peso mosca», que aprenda a no meterse con los mayores. Y fue un empujón flojito, no creas. Lloraba como si lo estuvieran despellejando. Y la bronca para mí, claro. *True story*.

Si mis padres no están delante, peor, porque se chiva y les **CUENTA LA PELÍCULA** que le da la gana. ¿Y a quién creen? A su favorito, claro. Y vuelvo a cargármela. «Jaime, déjale la consola a tu hermano». «Jaime, no pinches a tu hermano.» «Jaime, no digas palabrotas a tu hermano.» ¿Decírselas yo? Pero si luego el niño me suelta unas perlas dignas del Señor Oscuro. Yo creo que es discípulo suyo y todo, je, je.

Con las notas igual. A él *todo son mimos* si saca sobresalientes, y a mí nada aunque llegue al notable. Claaaro, porque las integrales definidas son tan fáciles como la plastilina o cualquier chorrada de las que estudia él. ¿De verdad es comparable?

Mis padres no paran de decir que vaya casa de locos y que, que si no sabemos estar sin pelearnos, cada uno en su cuarto y punto. Pues él ni eso lo respeta. Que cada dos por tres está entrando a cotillear. ¡Déjame en paz, enano!

Para colmo, se pone chulo cuando *están delante mis amigos.* «Qué gracioso, cómo te vacila», dicen. Entonces yo respondo que lo recogimos de un basurero, y ya la tenemos montada otra vez.

¡Por favor, **HACED VUESTRAS OFERTAS** en los comentarios!

¡PAPÁ, FERMÍN TIENE MEDIO MILÍMETRO DE ZUMO MÁS QUE YO!

No he podido evitar sonreír al conocer tu historia. Y no solo por la gracia con la que cuentas el problema (lo cual demuestra que no es tan grave), sino por los recuerdos que me trae. Yo era el pequeño de la casa y también he sido **«ese crío mimado e insoportable»** que daba la lata y no dejaba vivir a su hermana mayor.

En mi defensa, me temo, tengo que decir que los hermanos mayores **también tenéis lo vuestro:** a menudo os aprovecháis de vuestra experiencia y del gran poder que ejercéis sobre los pequeños. Sois sus líderes, por eso sabéis mejor que nadie como fastidiarlos. Al haber llegado los primeros, habéis disfrutado de un vínculo muy especial con vuestros padres. Ah, y no os pasáis la vida heredando ropa, libros y juguetes como nosotros.

En fin, ¡esto no pretende ser la venganza del hermano menor! Al contrario, ahora puedo ver todo esto con perspectiva. Aunque uno crea que no hay nadie que lo entienda, en realidad son situaciones que se repiten en casi todas las familias. Los hermanos con edades y necesidades distintas **no se entienden** y tampoco aceptan que sus padres los traten de diferente manera (aunque es lo más lógico, ¿no?). Los hermanos de edades demasiado parecidas, por el contrario, **COMPITEN POR TODO.**

En tu caso, estás desarrollando el sentido de la individualidad (lo mismo que le ocurrió a tu hermana cuando empezó a «pasar de ti») y reclamas **INDEPENDENCIA.** Tus padres, por otro lado, entienden que debes empezar a **COLABORAR** en casa y te piden que te encargues de vez en cuando del pequeño. Es una

¿Vas a salir? Pues baja la basura y lleva a tu hermano al parque.

buena ocasión para demostrarles que eres lo bastante maduro como para asumir esa responsabilidad sin quejarte. Si te sientes agobiado, **RECLAMA TU ESPACIO,** pero nunca llegues a la violencia física ni verbal, que envenena la convivencia.

Tampoco les pidas a tus padres que tomen partido por uno o por otro. Sin embargo, sí puedes decirles tranquilamente lo mucho que te duelen las comparaciones, o que siempre asuman que tú eres el culpable. Tal vez han olvidado que también tú fuiste el pequeño una vez y **SIGUES NECESITANDO APOYO** y comprensión.

En cuanto a tu hermano, trata de ponerte a su altura para hacerle comprender (con palabras sencillas) que pasarás algunos ratos jugando con él, pero que en otros momentos debe respetar tu independencia y tu espacio. Tú ya tienes una edad para controlar tus impulsos de gritar y pelear por cualquier tontería, así que da ejemplo y no entres al trapo. Eso no significa que pases de él. Al contrario, comunícate y hazle ver que lo aprecias y lo valoras.

Por último, deja que pase el tiempo. Quizá tu hermano no llegue a ser tu mejor amigo, pero recuerda que, mientras que la mayoría de los amigos van y vienen, la familia permanece. A poco que hagas para mantenerla a tu lado, **siempre estará ahí** cuando de verdad lo necesites.

Te estamos redirigiendo a...

 Bandeja de entrada (1)

De: Anónimo <hall_of_fame@boxeo.ua>
Asunto: Super Klitschko Bros

Si hay dos hermanos que saben lo difícil que es no pelearse entre sí, esos son los ucranianos Vitali y Wladimir Klitschko. Sobre todo porque, desde 2004 a 2015, fueron las dos figuras dominantes del boxeo internacional y campeones mundiales en la misma categoría: la de los pesos pesados. Los dos debutaron profesionalmente en 1996 y, sin embargo, jamás se han enfrentado entre ellos.

Su pasión por los deportes de combate nació cuando Vitali, al que le volvían loco las películas americanas de acción y de karate, decidió asistir a clases de kickboxing. Sorprendido por su habilidad y su fuerza, animó a su hermano pequeño a iniciarse juntos en el mundo del boxeo. Su madre lo permitió a regañadientes, pero antes les hizo prometer que nunca pelearían entre sí encima de un *ring*. Los hermanos aseguraron que no lo harían ni por un billón de dólares, porque sería como poner un precio al corazón de su madre.

Tentaciones no les faltaron, pues les han llegado a ofrecer cien millones de dólares por subirse juntos a un *ring*, pero siempre se negaron. En cualquier caso, por separado han demostrado ser casi invencibles, y su aparición supuso el destronamiento de Estados Unidos como líder indiscutible del boxeo internacional. Es cierto que se les acusa de exhibir poca técnica y elegancia, pero no lo es menos que complementan ese falta de estilo con fuerza, potencia e inteligencia para pelear. Entre los dos acumulan solo siete derrotas y 109 victorias (94 de ellas por *knock out*).

Además, enfrentándose al tópico de que los boxeadores son hombres de pocas luces, ambos ostentan sendos doctorados en Ciencias del Deporte por la Universidad de Kiev y hablan cuatro lenguas: inglés, ruso y alemán, además de su ucraniano natal. También son grandes jugadores de ajedrez, colaboran en programas educativos para niños sin recursos y han dado nombre a un asteroide. Mientras que Wladimir sigue en activo como boxeador, Vitali se involucró en la vida política ucraniana y recientemente fue elegido alcalde de Kiev.

Su trayectoria vital está narrada en el documental *Klitschko*, de 2011, que, según los hermanos, no es tanto una historia sobre logros deportivos como sobre su vida y su familia. En él revelan (como ellos mismos la llaman) un arma secreta: aunque solo uno de ellos esté sobre el *ring,* su contrincante lucha en realidad contra ambos.

Capítulo 15

Maldito *sexting*

CREO... CREO QUE LA HE CAGADO.

No sé en qué estaba pensando, pero he enviado unas imágenes mías por WhatsApp posando desnudo. Antes ya lo había hecho un par de veces con una ex y otras amigas, pero es que ahora no sé muy bien ni a quién se las he mandado ni quién puede tenerlas en su poder. Estoy acojonado.

Ayudadme, por favor.

Estaba tonteando con una chica que no sé de qué tenía agregada. Me pasaron su número, creo, o a lo mejor me añadió ella. El caso es que por la foto de perfil parecía impresionante. Y ya sabes cómo es esto: empiezas a hablar, la cosa sube de tono **Y TE DESCONTROLAS.** Y ella no tenía problemas en enviarme fotos muy provocativas. Al final perdí el norte y también yo le pasé alguna en calzoncillos. Y ella insistiendo: «pero sin nada, no seas tímido, que estoy muy caliente». Y luego: «que se te vea la cara, que pareces guapísimo y me da más morbo». Y al final **LE ENVIÉ LO QUE ME PEDÍA.** Imbécil de mí.

Casi justo después dejó de hablarme. Y esta mañana me escribe otra vez diciendo que le encantó verme, que le pase también un vídeo si no quiero que se enfade y comparta las fotos. Que ella también me envía más y más fuertes y todo queda entre nosotros. Pero no sé qué pensar, ahora dudo que sea ella la chica de las imágenes. ¡Vete a saber si ni siquiera es una chica! Lo que empezó por morbo se está convirtiendo **EN UNA PESADILLA.**

Tengo hasta ganas de romper el móvil, aunque sé que no iba a arreglar nada. ¿Qué hago? Si no le mando lo que me pide, mis fotos pueden acabar colgadas en cualquier lado. Y si lo hago, le estoy dando más material para que siga chantajeándome. Me estoy volviendo loco, porque tampoco puedo contárselo a nadie. **SI SE ENTERAN EN CASA, ME MUERO.**

¿Y si, por lo que sea, llega al instituto? No podría ni **VOLVER POR ALLÍ,** sería humillante. Y justo ahora me está dando por pensar que quizá es algún compañero que me está troleando por vengarse de algo. O alguna ex. Hay que ser **MISERABLE** para jugar con algo tan íntimo, yo no podría. Tendrían que haberme hecho algo muy malo.

No sé, espero no haberme arruinado la vida.

Hasta nunca, mundo.

Creo que, por mucha vergüenza que sientas, **DEBES DENUNCIAR** el caso inmediatamente a la Policía. La posesión, difusión y exhibición de contenido sexual que implique a menores de edad es un delito grave, como también lo es coaccionar a alguien o chantajearlo para que envíe este tipo de material. Es lo mejor que puedes hacer para **frenar la difusión** de esas fotos y para **AYUDAR** a otras posibles víctimas.

Es cierto que internet y las redes sociales han ampliado nuestra realidad de un modo maravilloso, y en especial la de los más jóvenes. Por desgracia, ese dominio que tenéis de las nuevas tecnologías os hace OLVIDAR a menudo los riesgos que conlleva, sobre todo en lo referente a **VUESTRA PRIVACIDAD.** Lo mismo da el WhatsApp que una webcam. Recuerda que, una vez que cuelgas cualquier tipo de información en internet, pierdes el control sobre ella y su destino para siempre. Por eso el *sexting* resulta tan peligroso.

Sé que también es tentador. Estás en pleno despertar sexual y, en un momento de excitación, puedes caer fácilmente en el juego. Por otro lado, hemos trivializado tanto la **SEXUALIDAD** que cada vez desde edades más precoces la usamos **como un juguete.** Da igual si es para divertirte, para impresionar a alguien, para flirtear, para encajar con el grupo o simplemente por no saber decir «no». Considera el peligro antes de publicar nada. Del mismo modo, jamás trafiques con la intimidad de otra persona ni la difundas. Y esto vale tanto para imágenes como para mensajes de texto.

Me encantaría decirte que tengo un consejo infalible para proteger tu privacidad, como no mostrar tu cara o intercambiar información solo con gente de mucha confianza. Por desgracia, ni siquiera eso te protege del peligro. Por ejemplo, a menudo son personas resentidas las que difunden el material de sus exparejas. Nunca se sabe **QUIÉN PUEDE VOLVERSE EN TU CONTRA.**

Por último, lo más importante: si por lo que fuera alguna de tus imágenes acabara haciéndose pública, no permitas que eso te hunda.

Seguramente sientas vergüenza y ansiedad, y es posible que te veas expuesto al acoso. **HABLA** con tus padres o con un adulto de confianza **PARA AFRONTAR EL PROBLEMA**. Después de todo, la sexualidad es algo natural y nadie tiene derecho a hacerte sufrir por haber cometido un error. Seguro que a partir de ahora te muestras más precavido.

Te estamos redirigiendo a...

✉ Bandeja de entrada (1)

De: Paul Langevin <plangevin@royalsociety.fr>
Asunto: *Sexting*... con Marie Curie

Me llamo Paul Langevin y nací en París en 1872. No solo fui un renombrado físico que aportó grandes avances en el campo del magnetismo. También se me conoció como antifascista y pionero en la organización de congresos científicos que reunían a las más brillantes mentes de la época. Bueno, pues lamentablemente estos logros se vieron empañados por lo que podría ser uno de los primeros escándalos de *sexting* de la historia.

En 1910, y en trámites de separación de mi esposa, inicié un ardiente romance con una de mis antiguas profesoras. Su nombre te sonará más que el mío. Se trataba de la científica polaca Marie Curie, que había enviudado años antes. Ambos nos enviábamos cartas algo subidas de tono que acabaron por ser descubiertas por mi mujer y filtradas a la prensa.

¡Oh, qué tragedia sobrevino sobre nosotros! Mi pobre Marie se vio acosada y calumniada. Se dijo de ella que había echado a perder su carrera y que era una «extranjera destructora de hogares». Hasta sus hijas fueron bombardeadas con tomates a la salida de la escuela. Al ser expuesta su intimidad, la gente pareció olvidar que era una brillante investigadora que estaba a punto de recibir su segundo premio Nobel.

En cuanto a mí, terminé por retar en duelo al periodista que había hecho pública nuestra relación. Por suerte, aquel sinvergüenza rechazó el desafío por negarse a disparar contra uno de los grandes cerebros de Francia. ¡Ja! No quería matarme, pero sí acabar con mi reputación.

Al fin, la presión mediática terminó con nuestra relación. Sin embargo, el mismísimo Albert Einstein, que había sido presentado por Marie en uno de aquellos congresos científicos que organizábamos, le escribió una carta de apoyo al respecto. Esta es una versión abreviada de las líneas que recibió mi amada:

Estimada señora Curie:

Me encuentro muy enojado ante la forma en que el público cree tener el derecho de involucrarse en sus asuntos y de saciar su deseo de sensacionalismo con usted. Me siento en la obligación de decirle lo mucho que admiro su intelecto, su propósito y su honestidad. Si la chusma sigue hablando de usted, simplemente no lea los diarios y déjelos para los reptiles para quienes han sido fabricados.

Es cierto que no teníamos nada de lo que avergonzarnos, pero me mostré más precavido desde entonces. Por eso ahora, aún desde mi tumba, soy muy celoso de mi privacidad y tengo mucho cuidado con las cartas que le envío a mi antigua amada al Panteón de París. Y te aconsejo que, cuando se trate de tu sexualidad, también tú extremes las precauciones.

Capítulo 16
Me tienen esclavizado

Pon la mesa. Quita la lavadora. Recoge esto. Haz lo otro. Llega a tal hora. Acuéstate a tal otra. Y así todo el día. ¡Esto no es una casa, es un **CAMPAMENTO MILITAR!** Y mi madre, la comandanta.

En cuanto vuelve del trabajo ya la tengo toda la tarde persiguiéndome para que recoja mi cuarto, friegue los platos, baje la basura... ¿Quién se cree que soy, **su mayordomo?** Y después, delante de sus amigos, aún tiene la cara de decir que soy un vago que está siempre tocándose las narices y que no le ayudo. *Are you serious?* Se supone que, a mi edad, lo que uno tiene que hacer es ir a clase y aprobar, no dedicar su vida a la casa. Mis amigos flipan cuando se lo cuento.

Ninguno, repito, ninguno, ni uno solo, tiene ya hora para volver por la noche. Yo sí. Resulta que tengo que volver **CUANDO ELLA QUIERE** porque si no la mujer no se queda tranquila y no puede dormir. Pero ¿no dice que llega agotada del trabajo? Lo que pasa es que está histérica y necesita pagarlo con alguien.

De todos modos, el temazo que más suena en casa últimamente es «recoge tu cuarto, que parece una leonera». Muy orde-

nado no seré, pero **¿a ella qué más le da?** Es mi habitación y no la suya, así que como si quiero criar setas debajo de la cama. A mí el desorden no me molesta porque **soy así,** un caos viviente. Y si ella entra a desordenarme mi desorden, al final no encuentro nada.

Bueno, pues eso no lo quiere entender. Y espérate tú, que dice que quiere enseñarme a cocinar porque alguna vez me independizaré, y que no va a permitir que quien cargue conmigo lo haga todo en casa. «Entonces te darás cuenta de que conmigo vives como un marqués», dice. Mira, con tal de salir de aquí, yo me echo a **Darth Vader de compañero de piso.**

Vale, me estoy pasando porque **necesitaba desahogarme.** Pero, en serio, a mi madre la quiero mucho. De verdad. Y también sé que ha pasado momentos duros. Aun así te digo una cosa: ojalá viviera con mi padre. Él me dejaría más a mi aire, porque tampoco se preocupa tanto de la limpieza y esas cosas. Y si hay que pedir pizza cada noche, me sacrifico y se pide.

La verdad, no es fácil contestarte sin oír lo que tiene que decir tu madre. No sé por qué, pero ¡presiento que su versión de la historia sería bastante distinta a la tuya! En realidad, quizá eso es lo que deberíais hacer ambos para afrontar los problemas de vuestra convivencia: **escucharos** y tratar de poneros en el lugar del otro.

Tú estudias, de acuerdo. Pero parece que tu madre trabaja fuera e incluso regresa más tarde que tú. O sea, que ahora que eres lo bastante mayor como para colaborar, los dos estáis en igualdad de condiciones. ¿Por qué entonces recae sobre ella la responsabilidad de mantener la casa? En una familia, CADA UNO APORTA en función de su edad y capacidades.

Sinceramente, hasta que me independicé, no fui consciente del enorme trabajo que cuesta que **un hogar no se descontrole.** Es una tarea que necesita la colaboración de todos sus ocupantes. Afirmas que «no te importa el desorden de tu cuarto». Yo también opinaba eso, cuando en realidad quería decir «me aguanto porque no me merece la pena el esfuerzo». Pero claro, es fácil decirlo cuando el resto de la casa está recogida y tienes comida caliente y ropa limpia cada día. Eso debería ser **responsabilidad de todos.**

Por supuesto, ella también tiene que comprenderte. Tú tienes tus amigos, tus actividades y compromisos, y hay un momento para cada cosa. Habla con ella. Pídele que no te grite ni te imponga horarios ni tareas, sino qué lleguéis a un **ACUERDO** para decidir qué hace cada uno y cuándo lo hace. No cuesta tanto **organizar un plan** semanal y apuntarlo para aseguraros de que se cumple. Y se cumple sin importar si estás cansado o de mal humor, porque no es una ayuda que le prestas a tu madre. Es un compromiso mutuo.

Reconozco que muchas tareas domésticas resultan aburridas, pero hay que intentar afrontarlas con optimismo: puedes hacerlas acompañado de música, como vía de escape en momentos de estrés o junto a tu madre. Así se harán más llevaderas. Además, si aspiras a independizarte alguna vez, **TARDE O TEMPRANO** tendrás que aprender a realizarlas. Estoy seguro de que eres capaz.

Te estamos redirigiendo a...

 Bandeja de entrada (1)

De: Anónimo <canadiandude@newmarket.ca>
Asunto: La caravana de los Carrey

¿Sabes? Durante unos días fui vecino de alguien muy famoso. Claro que por aquel entonces no era nada conocido. Y, ahora que lo pienso, tampoco sé si lo puedo llamar «vecino». Sencillamente, debería decir que la caravana donde el joven Jim Carrey vivía con su familia estuvo aparcada frente a mi casa.

Jim, que había nacido en 1962, era el pequeño de una familia canadiense de clase media. De pronto, a los doce años, despidieron a su padre del trabajo y su cómoda vida se desmoronó. Su madre, un ama de casa sin ingresos, cayó en una fuerte depresión que la tenía medicada casi constantemente. Al poco tiempo, los Carrey perdieron también su casa.

Una empresa de neumáticos les ofreció ocupar un pequeño pabellón junto a su fábrica a cambio de que todos los miembros de la familia trabajasen como porteros y vigilantes del recinto. Incluso Jim hacía turnos de ocho horas después de volver de la escuela. Aunque había sido un buen estudiante y muy popular entre sus compañeros, estaba siempre agotado y no quería hacer nuevos amigos por miedo a que averiguaran las condiciones en que vivía.

Al fin, exhaustos y desesperados, los Carrey dejaron la fábrica y se trasladaron a una caravana. Allí es donde, desde mi ventana, veía a Jim hacer los deberes cada tarde y ocuparse de limpiar y mantener ordenado el vehículo. Seguramente, el pobre no podía ni sospechar que se convertiría en una estrella de Hollywood. Pero así fue.

Después de que a los quince años decidiera probar fortuna en el mundo del humor actuando en varios clubes, de mudarse a Los Ángeles y de conseguir algunos papeles secundarios en cine y televisión durante los años ochenta, su carrera en Hollywood fue meteórica. Pronto le empezaron a llover papeles protagonistas en películas como *Ace Ventura, La máscara* y *Dos tontos muy tontos*. En 1996, ya era el actor mejor pagado de la historia: ganó veinte millones de dólares por *Un loco a domicilio*. Dos años después fue galardonado con su primer Globo de Oro. Jim Carrey fue un icono del cambio de siglo gracias a sus inquietudes artísticas, su ritmo de trabajo vertiginoso y los millones de dólares en beneficios que generó para la industria del cine.

Cuando el actor reveló en una entrevista el drama de su adolescencia, le preguntaron si todo aquello le había hecho crecer con rencor hacia sus padres. Él repuso que le hizo crecer deprisa, pero que lo que su madre y su padre habían hecho por él compensaba con creces cualquier rastro de resentimiento.

Teníamos problemas..., pero también nos teníamos los unos a los otros.

Capítulo 17
Uno más de la manada

A ver... ¿Yo encajo aquí?

Subscribirse 23.845.155

Añadir a Compartir Más

6.551.942 visualizaciones

555.165 6.329

Qué bajón el trimestre pasado. Resulta que me cambiaron de instituto y me convertí de pronto en el marginado de la clase. Bueno, no tanto, no es que se metieran conmigo ni nada, pero todos los grupitos estaban ya montados y yo... como que **NO ACABABA DE ENCAJAR,** ¿me entiendes?

Y luego, no sé muy bien cómo, conseguí colarme en el grupo de los guais. De los popus, como dicen aquí. Bueno, sí que me lo curré un poco, porque les estuve fotocopiando apuntes para los exámenes y hasta les pasé algunos trabajos. Al final me metieron en su grupo de WhatsApp. Fue como

137

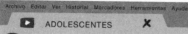
cruzar la entrada de un **club exclusivo.** Luego me di cuenta de que, como todos los clubes, tenía sus reglas.

Primero, todos llevan ropa bastante chula y se descojonaban un poco de mí porque a mí no me compran nada caro ni tengo pasta para pillármelo yo. Vale que al principio era medio

en broma, pero ya **me tocaba un poco la moral** que siempre me estuvieran diciendo «Vaya pintas que llevas» o «A ti es que te viste tu madre». Sobre todo cuando salíamos por ahí. Total, que al final tuve que cogerles dinero a mis padres para comprarme un par de cosas buenas que les gustasen.

Lo otro que me molesta es que SIEMPRE SE TERMINA HACIENDO LO QUE DICE Suso, que es el que más liga, el que nunca se corta y el que pasa de todo. Por ejemplo, hace tiempo que la tiene tomada con una chica que pasó de él y nos pidió que todos la *troleáramos* por Facebook. No es que yo quisiera, pero tampoco era plan de tener al líder en contra.

La última que se le ha ocurrido es quedar después de clase para robar en una tienda de chinos de por aquí. Cada uno tenemos que pillar una cosa, y el que robe lo más caro gana y no pone para el botellón. Pero ¡es que a mí tampoco me apetece **pasarme las tardes bebiendo!**

La cosa es que a una la pillaron robando y se ha enterado todo el instituto. Y mis padres también, claro. «Que no te vuelva a ver con esos macarras», me advirtieron. Y vale que yo también estoy rayado, pero **¡es que son mis amigos!** Trato de explicárselo a mis padres, pero con ellos no se puede razonar.

Todo consiste en obedecer y punto.

¡Te han dejado un comentario!

El sentimiento de **PERTENECER a UN GRUPO**, de contar con un círculo de amigos donde poder sentirse valorado y protegido, **es estupendo**. Es parte de las necesidades de cualquier ser humano. En tu caso, además, te enorgullece especialmente el hecho de que te aceptaran entre chicos y chicas que tienen prestigio en el instituto. Pero creo que ahora te estás dando cuenta de que hay que pagar un precio demasiado alto.

Dices que con tus padres «todo consiste en obedecer», pero ¿no es eso lo que, en el fondo, te exigen tus nuevos amigos? Para ser aceptado has tenido que adularlos, mentir a tu familia, robar, acosar a una compañera y hasta cambiar tu forma de vestir y divertirte. Aunque no te lo digan a gritos, en realidad, **TE ESTÁN OBLIGANDO** a que traiciones tus valores.

Los amigos deben tener una relación de igualdad y de tolerancia, no de sometimiento ni servidumbre. Y menos aún de sumisión a un líder. Hay personas con un don especial para organizar y dirigir al grupo, pero **NO PERMITAS QUE HAGAN USO DE SU PODER** para anularte a ti o a los demás. Si te conviertes en un instrumento en sus manos, tampoco les importará prescindir de ti o hacerte el objeto de su odio, como a esa chica de la que hablas.

Sé que la presión por encajar, especialmente entre la gente popular, es enorme. Como si quedarse fuera de esa élite fuera una tragedia. Sin embargo, mantener TU INDEPENDENCIA te resultará mucho más gratificante a la larga. Quizá en tu misma clase hay gente con la que te llevarías bien y que te apreciará por lo que realmente eres y no por saber camuflarte entre la mayoría.

Además, depender de un único grupo cerrado a menudo te empobrece y te convierte en una persona **estrecha de miras.** No hace falta que le des la espalda a nadie, pero puedes acercarte a otros círculos para conocer a gente de distintos entornos, orígenes e intereses. Hay personas muy valiosas que no son nada populares... ¡ni les importa no serlo!

Por cierto, ¿nunca te has parado a pensar que vivimos en una sociedad que se encamina hacia la uniformidad y el sometimiento a la autoridad sin hacerse preguntas? Pues la mejor forma de sentirse más libre y autónomo es no dejarse manipular y aprender a **desobedecer al grupo** de vez en cuando. No tienes por qué convertirte en uno más de la manada.

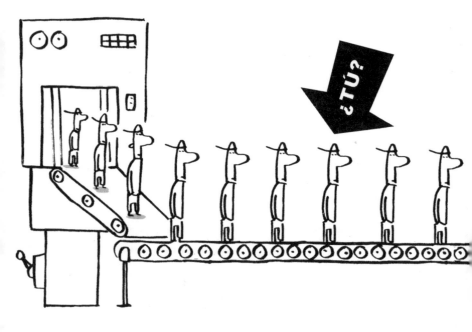

Te estamos redirigiendo a...

✉️ Bandeja de entrada (1)

De: Stanley Milgram <dr_milgram@americanpsychology.org>
Asunto: Obedecer o rebelarse

Saludos, amigo:

Me llamo Stanley y cualquiera que investigue el tema de la obediencia se topará con mi nombre tarde o temprano.

A pesar de estar considerado como uno de los más importantes psicólogos del siglo xx, lo cierto es que nunca estudié la carrera de psicología. Al contrario, me gradué en ciencias políticas en 1954, en el Queens College de Nueva York. Más tarde sí que realicé un posgrado en psicología en Harvard, aunque estoy convencido de que en mis estudios sobre la obediencia también influyó mi formación política. En ese sentido, tampoco puedo olvidar que soy hijo de emigrantes centroeuropeos que sufrieron el Holocausto judío.

De hecho comencé mis experimentos sobre la obediencia en 1961, tres meses después de que Israel condenara a muerte a Adolf Eichmann, uno de los autores y responsables directos del Holocausto. ¿O tal vez se había limitado a cumplir órdenes de sus superiores? Esa es la terrible pregunta que, en última instancia, impulsó mis experimentos.

El más célebre, al que se presentaron cuarenta voluntarios, tenía una mecánica sencilla. Cada voluntario ejercía el papel de «maestro» frente a un «alumno». Este último estaba compinchado conmigo. Al maestro se le pedía que hiciera ciertas preguntas al alumno, que se encontraba tras una pared y sujeto a una falsa silla eléctrica. Si la respuesta dada era incorrecta, el maestro debía accionar un mecanismo que, supuestamente, transmitía al alumno descargas de entre 15 y 450 voltios. El maestro ignoraba que no existían tales descargas.

Si el voluntario expresaba su deseo de no continuar, yo mismo le respondía: «Usted no tiene la opción de interrumpir el experimento, prosiga». Y la mayoría lo hacía, a pesar de que tras la pared reproducíamos grabaciones de gemidos, crecientes gritos de dolor e incluso estertores previos al coma. Aunque todos los voluntarios cuestionaron en algún punto el experimento, veintiséis llegaron a aplicar (o a creer que lo hacían) la descarga máxima.

Lo más curioso es que ninguno demostró tener un carácter sádico. Al contrario, todos se sintieron nerviosos e incómodos durante la sesión. Aquello me llevó a concluir que, cuando uno se convierte en el instrumento de los deseos y las órdenes de otra persona, se siente liberado de responsabilidad sobre sus actos. Sencillamente, acaba por conformarse y aceptar las decisiones del grupo jerárquico al que pertenece, como una marioneta.

Aquello me hizo darme cuenta de que, lamentablemente, episodios terribles como el uso de napalm contra civiles en Vietnam, el exterminio de la población nativa americana o la trata de esclavos africanos tuvieron su origen en el cumplimiento ciego de órdenes dadas por las autoridades.

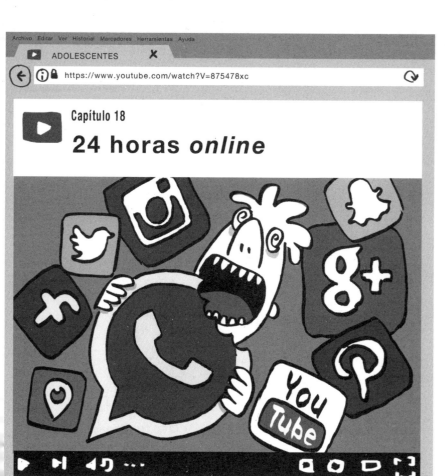

https://www.youtube.com/watch?V=875478xc

Capítulo 18
24 horas *online*

▶ ⏭ ◀🎵 ···   ⬜ ⬜ ◻ ⌞⌝

🔴 Subscribirse 23.845.155   6.551.942 visualizaciones

➕ Añadir a   ↪ Compartir   ••• Más   👍 555.165   👎 6.329

Hey, followers. Perdonad si últimamente tardo más en actualizar, pero es que mis... ¡Quietos paraos, que me ha llegado un WhatsApp! Listo, ¿por dónde iba? Ah, ya. Que últimamente mis padres me tienen quemadísimo. Y todo porque se les ha metido en la cabeza que soy

un adicto al móvil.

LOL. O sea... LOL.

Con ellos siempre es la misma historia. No sabéis lo que tuve que llorarles para que me comprasen el primer teléfono

a los doce, cuando ya la mitad de mi clase tenía uno. No acaba de entrarles en la cabeza que es una herramienta im-pres-cin-di-ble hoy en día. ¡Si lo dicen hasta en la tele! ¿Significa eso que yo tenga siempre el móvil en la mano como si lo llevara atornillado? Bueno, igual a veces sí, pero es que es como **UNA EXTENSIÓN DE MÍ CUERPO,** si no lo llevo encima me tenso... Eso sí, ¡solo lo uso cuando lo necesito!

El móvil, y atento a la cursilada que voy a decir, es mi ventana al mundo. Con él me relaciono con mis amigos, me entero de lo que se mueve en las redes, me expreso, subo mis fotos, comento las de otros y voy consiguiendo *likes* y *favs* poco a poco, que es lo que motiva. ¡Y eso **REQUIERE MUCHA DEDICACIÓN!** Pero claro, ellos ni se molestan en enterarse de lo que hago. Es sonarme una notificación durante la cena y ya me la lían.

«¡Omar, que apagues el puñetero *guasá* ese mientras comemos!» Como si yo o el WhatsApp pudiéramos apagarnos alguna vez. ¡Los dos estamos *online* 24 horas! Además, si en la mesa se hablase de cosas un poquito más interesantes yo no estaría tan pendiente del teléfono. Pero no, están todo el día con las malditas noticias. A veces, cuando salgo con mis amigos, cada uno está a su rollo con el móvil y nadie se mosquea. Incluso ahora, mientras os estoy hablando, estoy subiendo una foto a Instagram y no pierdo el hilo. Oh *yeah,* somos una generación *multitask.*

Lo que pasa es que mis padres se han quedado en el siglo xix. No hay más que ver el PiedraNokia que me lleva mi padre, o a mi madre tratando de atinar con el botón de «me gusta» de Facebook. Y luego, eso sí, cuando quieren que les configure la *tablet* o que les pida algo por Amazon, aquí estoy yo con mi *smartphone.* Mira, en esos momentos a nadie le importa que mire el móvil. ¡Si es que en el fondo yo estoy mucho más en el mundo que ellos!

¿Qué quieren, que sea un náufrago desconectado de la realidad?

¡Te han dejado un comentario!

Permíteme que, por una vez, este comentario no esté dirigido solo a ti. Cualquier reflexión y consejo que pueda aportar mi respuesta me los dedico también a mí mismo. Y es que la dependencia del móvil **no es exclusiva** de la adolescencia. También los adultos vivimos cada día más colgados del móvil y de las redes sociales.

Nadie dice que las nuevas tecnologías sean malas, el problema está en el uso que haces de ellas y en dónde poner el límite. ¿Por qué no pruebas a hacer una cosa? Prescinde unas horas del móvil y de las redes nada más levantarte. ¿Cuánto puedes aguantar? Si estás pensando continuamente en conectarte, si notas que tienes ansiedad por saber si tienes nuevas notificaciones, si te sientes nervioso y no eres capaz de concentrarte en un libro o una conversación con tus padres..., amigo mío, estás enganchado a la vida *online*.

De hecho, el uso de redes sociales libera neurotransmisores asociados al placer como los de las **SUBSTANCIAS ADICTIVAS**. Nos crea la necesidad de pasar más y más tiempo conectados. Además, es la droga perfecta. Siempre la tenemos a mano y nos hace efecto tan pronto como empezamos a interactuar. Y lo peor es que ¡cada vez empezamos a consumirla antes!

Dejando a un lado el tema de la dependencia, considera también, si realmente todas las horas que pasas a diario en las redes son **TIEMPO BIEN APROVECHADO**. Por ejemplo, ¿es lo mismo una conversación por WhatsApp que otra en directo? ¿Vale lo mismo un *follower* que un amigo? ¿La popularidad en las redes significa que una persona es más valiosa? ¿Un *like* cuesta algún esfuerzo en realidad? ¿La vida de la gente es realmente como muestra su Facebook? ¿Un vídeo viral te aporta más que charlar de la actualidad con tu familia?

Creo que ya sabes por dónde voy. A veces, las redes solo nos proporcionan un sucedáneo engañoso del contacto humano real que nos frustra al compararlo con la vida rutinaria. Y, aunque digas que tu móvil es «tu ventana al mundo», recuerda que el mundo también es eso que está ahí, fuera de la pantalla. Aquí te dejo unos consejos prácticos para que no se te olvide.

Te estamos redirigiendo a...

 Bandeja de entrada (1)

De: Un adicto a la red <colgado99@atrapadosenlared.es>
Asunto: Enric y los desconectados

Las nuevas tecnologías traen consigo sus genuinas formas de relacionarse, su propio lenguaje y hasta sus propias tribus. Seguro que te resultan familiares términos como *gamers*, *trolls*, *noobs* o *booktubers*, por poner algún ejemplo. Pero ¿has oído hablar de la tribu de los desconectados?

Se trata de hombres y mujeres que se dieron cuenta de que los beneficios que obtenían de internet y de las redes sociales eran menores que los sentimientos de ansiedad, dependencia y estrés que les generaba la exigencia de vivir permanentemente conectados. Por eso tomaron la decisión de «desconectarse» sin renunciar por ello a su actividad profesional o a sus vínculos sociales. No son ermitaños, solo nativos digitales que desean recuperar el tiempo perdido en la red.

Uno de sus representantes más activos en España es Enric Puig Punyet, doctor en filosofía por la Universidad Autónoma de Barcelona y la École Normale Supérieure de París, escritor, profesor, comisario de arte independiente y líder de una banda de música *indie*. Este fue el origen de la decisión de cortar amarras con el mundo digital:

«Sentía saturación tras horas y horas navegando a la deriva, saltando de una página a otra sin ton ni son, en apariencia haciendo de todo, pero en el fondo no haciendo absolutamente nada, porque con mucha frecuencia la información que obtenemos después de un día pegados a la pantalla es contradictoria y no tardamos en olvidarla». Y concluye afirmando que «sentía que internet me estaba esclavizando, que era una relación parasitaria que afectaba a mi dinámica familiar».

Enric es el autor de *La gran adicción. Cómo sobrevivir sin internet y no aislarse del mundo*, uno de los libros de referencia para el movimiento de los desconectados. En esta obra, el filósofo relata diez casos de gente que, como él, decidieron retirarse de la red no por romanticismo, sino por recuperar su salud mental y su calidad de vida, por proteger su privacidad o por las desigualdades sociales que genera la economía digital.

No todos los testimonios son de gente adulta. Ahí está, por ejemplo, Jon, un joven bilbaíno de catorce años que superó su adicción a los videojuegos y los sustituyó por clases de fútbol y guitarra. Al final terminó por pedir a sus padres que le retirasen la conexión a internet.

Y es que, según Enric, desconectarse es la nueva forma de ser rebelde. De hecho, ya empieza a haber menores que renuncian voluntariamente a su teléfono móvil. Están cansados de ir por la vida como *smombies* (el que va pegado al *smartphone* como un zombi), término crítico que curiosamente fue inventado por adolescentes.

El otro día estaba con mis amigos y empezamos a hablar de cómo y cuándo nos habíamos «estrenado», ya sabes. Tampoco es un tema muy original. Últimamente, cualquier conversación termina llevándonos a ese punto. Yo suelo ser muy discreto con esas movidas, pero por una vez me lancé y les expliqué a mis amigos mi experiencia con bastantes **pelos y señales.** Sobre todo, con pelos. También aproveché para darles algunos consejillos. Solo hay un problema: que todo fue un gran *invent.*

Soy más virgen que el aceite de oliva.

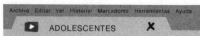
Con todo esto de perder la virginidad ha pasado una cosa superrara: es como si un día estuviéramos cambiando cromos en el recreo y al siguiente Dani nos retara a que todos mojáramos el churro antes de fin de curso. Y mira que teníamos doce o trece años. Pues ¡resulta que algunos ya habían cumplido el reto! Parece que, a día de hoy, **soy el único** que sigue intacto. Y claro, me estoy obsesionando. Sobre todo desde que un día se lo confesé a un amigo y se creyó que me estaba quedando con él. Tictac.

Se me acaba el tiempo.

El caso es que voy metiendo ficha a todas las que puedo, tengo agregadas a tropemil en Facebook, y a veces notan que me pongo hasta un poco baboso. Pero por más que me esfuerzo, **ninguna cae.** En cuanto intento subir la temperatura de

Póngame a Rafa, por favor. No hace falta que me lo envuelva.

JAVI
17 años
A estrenar

IKER
16 años
Seminuevo

RAFA
Usado.
Eficacia
provada

la conversación, me dejan en «visto» y desaparecen. ¿Tengo una maldición o qué? Para mí, que las tías se huelen esto de la virginidad a distancia, como perros policías.

Y si al conocerlas ya me pongo **ATACADO,** imagínate cómo será cuando llegue a mayores con alguna. Lo mismo autocombustiono y todo. Seguro que ella se da cuenta de que no sé ni cómo empezar y se descojona de mí o me deja tirado

en el último momento. ¿Y si no sé ni ponerme el condón? ¿Y si le hago daño? ¿Y si me estreno con un gatillazo?

He dejado lo peor para el final. Ayer estaba hablando con una amiga y creo que se me insinuó. Me quedé flipando. La verdad es que yo nunca había pensado en ella en ese plan, aunque está buena y sé que no es virgen. Al final me dije: *«Why not?* ¡Si tampoco somos tan amigos!»*. Medio minuto después, me corté y **salí corriendo.** Idiota no, lo siguiente.

VIR GINI DAD

Tranquilo, no merece la pena angustiarse. Sé que, a cierta edad, la presión social por perder la virginidad puede llegar a convertir el asunto en una obsesión. Es alarmante, además, que esa edad es cada día más temprana. A los doce o trece años difícilmente estaremos preparados para afrontar las relaciones sexuales de un modo responsable. Por otro lado, tampoco hay un **MOMENTO IDEAL** para estrenarse. Ni los dieciséis ni los veinticinco. ¡Olvida el tictac!

Aunque se trata de algo íntimo, la sociedad siempre tiene algo que opinar sobre la vida sexual de los demás: si antes la virginidad estaba sobrevalorada, ahora parece un desprestigio o una vergüenza. Seguramente las series y películas de Hollywood tienen buena parte de culpa en todas esas tonterías de las competiciones, las burlas y las apuestas. **QUE NO TE ENGAÑEN.** La virginidad no es un precinto de garantía o algo así. Perderla no te convertirá en otra persona.

Seguro que también tus amigos tienen dudas, exageran o incluso llegan a mentir, igual que tú. Todos hemos recurrido a la mentira alguna vez para disimular nuestra inseguridad y nuestra falta de experiencia. Créete la mitad de la mitad de esas conversaciones, pero infórmate seriamente sobre cómo prevenir enfermedades de transmisión sexual o embarazos no deseados. Si te sientes capaz, háblalo con tus padres o con tus hermanos mayores. Cuanto **mejor preparado** estés, **más seguro** te sentirás cuando llegue el momento... o la persona adecuada.

Y es que tienes tanta prisa que te has olvidado de que en todo esto **NO ESTARÁS TÚ SOLO.** Es natural que tus potenciales parejas sexuales te rehúyan si las agobias y las tratas como objetos para quitarte el «problema» de encima. Luego, a la hora de la verdad, también a ti te asaltan dudas sobre si la persona en cuestión no te convence. Es lógico. No olvides que el sexo siempre tiene un componente emocional.

Por eso, si me permites un consejo, te diré que procures compartir ese momento con una persona a la que **que le importes.** No quiero decir que sea necesariamente tu media naranja o tu colega del alma, pero al menos que le importes. Que tengas la suficiente confianza con ella como para saber que os pondréis las cosas fáciles y hasta os reiréis si la cosa no sale como suponíais.

Tu primera vez llegará cuando menos lo esperes. Tal vez no sea perfecta, pero guardarás un buen recuerdo si estabas en buena compañía.

Te estamos redirigiendo a...

 Bandeja de entrada (1)

De: Nikola Tesla <room3327@newyorkerhotel.com>
Asunto: Me enamoré de una paloma

No puedo evitar sonreírme ante los que piensan que llegar virgen a los veinte es una tragedia. ¡Caramba! De ser así, mi vida no habría tenido ningún sentido, pues da la casualidad de que morí pocos días antes de cumplir los ochenta y siete sin haber…, ejem…, conocido los placeres de la carne. Y, sin embargo, si se me permite opinar, yo diría que mi existencia no fue del todo improductiva. Me llamo Nikola Tesla y se me considera como uno de los inventores, científicos e ingenieros más notables de la historia.

De origen serbio y nacido en 1856, soy conocido por mis numerosos inventos y avances en el ámbito del electromagnetismo, por ser un pionero en el campo de la comunicación inalámbrica y por sentar las bases del aprovechamiento y la generalización de la corriente eléctrica alterna. También son populares mis disputas con el inventor americano Thomas Alva Edison, entonces partidario de la corriente continua. Es verdad que algunos de mis inventos se le atribuyeron a él o al italiano Guillermo Marconi. Pero no te escribo para contarte chismes, sino para explicarte por qué nunca profundicé en mis relaciones con las mujeres.

Por un lado, pensaba que me distraerían de mi trabajo, aunque también me sentía en desventaja con ellas porque las consideraba más inteligentes y poderosas que los hombres. Además, existían unas pocas excentricidades en mi carácter que, unidas a mi gran timidez, tal vez no me hicieran muy atractivo a sus ojos.

Entre estas rarezas se cuentan la de no dormir nunca más de dos horas seguidas y vivir obsesionado durante años con el número tres. También solía experimentar alucinaciones. Tenía una fobia irracional a los gérmenes que me obligaba a usar guantes y a lavarme compulsivamente las manos. No soportaba las perlas ni a las mujeres que las lucían… ¡No podía ni dirigirles la palabra! Me negaba a beber agua que no hubiera sido hervida previamente y a consumir alimentos crudos. Ah, y no puedo dejar de mencionar que hacia el final de mi vida me enamoré de una paloma, un bello ejemplar blanco que recogí de un parque y me robó el corazón.

Hum, de acuerdo, me gané a pulso mi reputación de excéntrico y de científico loco. Pero no generalicemos, que entre mis colegas ha habido de todo. Por ejemplo, Isaac Newton y el matemático húngaro Paul Erdos murieron también vírgenes a los ochenta y pico. Sin embargo, los dos premios Nobel Albert Einstein y Erwin Schrödinger fueron frenéticos amantes a los que se atribuyen muchas y escandalosas aventuras.

Nunca me casaré porque la castidad favorece mi labor científica.

Capítulo 20
Me parto la cara con quien sea

¡¿Y TÚ QUÉ MIRAS?!

▶ Subscribirse   23.845.155   6.551.942 visualizaciones
➕ Añadir a   ➤ Compartir   ••• Más   👍 555.165   👎 6.329

Aviso antes que nada. Ya estás viéndome la jeta y el título del vídeo, o sea que si vienes aquí en plan misionero de la paz a pedir calma y buen rollo, ya te puedes desuscribir de mi canal. Y aviso también de que el que me puso así la cara está peor que yo.

¿Por qué digo esto? Pues sinceramente, porque hay cosas

QUE SOLO SE ARREGLAN A TORTAS.

Si un tío de mi clase me insulta o insulta a mi madre, que es lo mismo, ¿qué hago? Me dice la directora que la próxima vez se lo diga a ella o al profesor de turno. Claaaro, porque castigándolo ya está todo arreglado, ¿verdad? Pues no. A mi madre ni se la toca. Ese tío me ha **OFENDIDO**, se ha reído en mi cara. Para mí, que no todo se puede solucionar hablando o dándose la mano.

Además, estaban varios de mis amigos delante y, si lo que hago es ir a chivarme, en vez de afrontar el problema, **PENSARÍAN QUE SOY UN CAGADO.** Y con toda la razón. No estoy diciendo que me guste pegarme con nadie, pero pienso que hay veces que un hombre tiene que saber defenderse por sí mismo. Es triste, pero vivimos en un mundo en el que nadie va a dar la cara por ti.

Tampoco cuando me cabreo estoy como para sentarme a discutir, así te lo digo. No sé, es como si me cegara y empezara a quemarme el cuerpo y bombearme la cabeza. Hasta me entra **un poco de subidón.** Y lo mismo da que tenga delante a uno de clase que a mis padres o a mi hermana. Trato de respirar hondo y todo eso, pero no siempre funciona. Con mi familia procuro desahogarme gritando y ya, aunque últimamente con mi padre me cuesta bastante controlarme. Un agujero en la puerta de mi cuarto lo demuestra.

De todos modos, quien más me preocupa ahora es mi madre. Lleva gritando desde que este mediodía llamaron del instituto. Es que, por lo visto, le rompí la muñeca al chaval ese. Está entre cabreada y llorosa, y no para de repetir que no me ha educado así. Mira que le he explicado que el chico se lo buscó, pero dice que mañana mismo **ME LLEVA AL PSICÓLOGO.**

Lo cachondo es que todo lo hice por defenderla a ella.

Pareces tener muy claro eso de que hay cosas que solo se arreglan a golpes. Sinceramente, no sé exactamente lo que has arreglado en este caso. Has conseguido enemistarte más aún con ese chico, enfrentarte a una posible sanción o a la expulsión, una lesión importante, un conflicto con tu familia. ¿De verdad todo eso es mejor que darle una oportunidad al diálogo? La violencia, lejos de solucionar nada, **solo genera nuevos problemas.**

Y perdona, pero eso de asociar la **MASCULINIDAD** con violencia y agresividad se ha quedado bastante anticuado. No tienes porqué ir por ahí marcando tu territorio ni obedeciendo órdenes de la manada. Tampoco eres menos valiente por pararte a reflexionar en lugar de actuar de forma impulsiva. Al contrario, también se necesita valentía para atreverse a **ACTUAR EN CONTRA DE LOS PREJUICIOS DE LOS DEMÁS.**

En cuanto a lo de «A mi madre no se la toca», no sabes cuántas veces he oído esa frase como excusa para justificar inclinaciones violentas. Sabes perfectamente que a ese chico le da igual tu madre y que solo busca provocarte. Por lo que cuentas, el mejor modo de que tus padres se sientan orgullosos de ti es no metiéndote en peleas.

Por otro lado, si has empezado a sentir ganas de agredir a tu familia, si golpeas puertas o paredes y los ataques de furia te dan «subidón», quizá no sea tan mala idea lo de consultar al psicólogo. ¡Eso no quiere decir que estés loco! Solo significa que te estás convenciendo de que LA VIOLENCIA NO ES LA RESPUESTA y que buscas ayuda para aprender a controlar tu ira poco a poco.

Y recuerda tener siempre presente las siguientes claves:

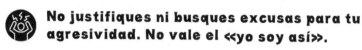 **No justifiques ni busques excusas para tu agresividad. No vale el «yo soy así».**

Si notas que una situación se desborda y que estás a punto de estallar, aíslate, respira y pide que te dejen solo hasta que te calmes.

No te niegues emociones como la rabia, la ira y el rencor, pero trata de expresarlas a través de la palabra.

Haz actividades deportivas que den salida a tu energía y liberen tu tensión y tu estrés.

Escribe tus propias reglas y prométete cumplirlas sea cual sea la situación: «no ser nunca el primero en golpear», «no agredir jamás a tu familia», etc.

No pienso dejar que me controles.

AGRESIVIDAD

Te estamos redirigiendo a...

✉ Bandeja de entrada (1)

De: Mohandas Karamchand Gandhi <mahatma@ahimsa.in>
Asunto: Luchar sin golpes

Que la paz sea contigo, joven. Me llamo Mohandas Karamchand Gandhi, pero ¿quién se acuerda ya? Todos me conocen por el nombre con el que pasé a la historia: Mahatma Gandhi. *Mahatma* es una composición en sánscrito e hindi que significa «alma grande». Fue el título que, en contra de mi voluntad, me otorgó el gran poeta indio Rabindranath Tagore por los servicios prestados a mi patria. Y es que fui un guía espiritual para mi pueblo, un líder que logró la independencia de la India sin apelar jamás a la fuerza o la violencia.

Si mal no recuerdo, nací el 2 de octubre de 1869 en la ciudad costera de Porbandar. Era un joven tímido, retraído y no demasiado brillante en los estudios. Eso no le impidió a mi madre, una mujer profundamente religiosa, transmitirme la que fue la enseñanza más trascendente de mi vida: la *ahimsā,* la no violencia y el respeto hacia los demás y sus creencias.

A los diecinueve años me trasladé a Londres para estudiar derecho en el University College. Fue en Inglaterra donde mi cultura oriental se enriqueció con la lectura de diversos clásicos de la literatura occidental y el estudio de distintas doctrinas religiosas y filosóficas. Mi visión del mundo se hizo más amplia y tolerante.

Viajé en 1893 a Sudáfrica con un contrato de trabajo, y allí me di cuenta del desprecio y las humillaciones a las que estaba expuesto solo por ser hindú. También fue allí donde recibí la noticia de que mi país, entonces bajo el control británico, planeaba retirarnos a los indios el derecho al voto. Comencé a buscar medios para denunciar ante el mundo los abusos que sufría mi gente y, poco después, empecé a alentar al uso de la resistencia no violenta y la desobediencia civil.

Con los años, lo que empezó como una protesta contra ciertas leyes injustas acabó por convertirse en un movimiento masivo por la independencia pacífica de mi país. En nuestra lucha recurríamos a la resistencia pasiva contra el Gobierno, a la negociación, al boicot económico, a la desobediencia, a las huelgas y a las manifestaciones. NUNCA A LA VIOLENCIA.

A cambio, hice hasta diecisiete huelgas de hambre (alguna duró más de veinte días) y participé en la Marcha de la Sal, una peregrinación a pie de 400 kilómetros contra el monopolio que ejercían los británicos sobre este producto. Al fin, en 1947, la India fue declarada Estado independiente.

Dicen que fui una inspiración para líderes como Martin Luther King y Nelson Mandela, para grupos ecologistas y organizaciones antiglobalización, pero quédate solo con esto:

El bien que causa la violencia es temporal, pero el mal es permanente.

Capítulo 21
Creo que soy gay

SOY...
NO SOY...
SOY...

Creo..., creo que... ¡Jo, me pongo rojo solo de decirlo! Vale, tomo aire: **CREO QUE ME GUSTAN LOS CHICOS,** ya está. Sobre todo hay uno de clase que no me quito de la cabeza. Se llama Hernán y no es que sea el más guapo del mundo ni nada, pero siempre va de buen rollo y es muy, no sé..., mono. Vale, hasta lo de «mono» suena moñas. Quiero decir que es

169

buena gente, por eso me llama la atención. Tampoco sé si me atrae en plan sexual.

Lo que pasa es que desde entonces también he empezado a fijarme en tíos fuera de clase, sobre todo cuando voy solo. ¡SE ME VAN LOS OJOS aunque no quiera! A veces alguno hasta me devuelve las miraditas. Entonces acelero el paso y finjo indiferencia. Aunque lo estoy deseando, me moriría de vergüenza si me hablasen. Y no te digo nada si se enterasen mis amigos. Por eso, últimamente hablo más

que nunca de tetas y de tías buenas, para GUARDAR LAS APARIENCIAS. Si vieran el historial de mi navegador... ☹

En serio, no tengo problemas con los homosexuales, pero para mí sería un lío tremendo lo de salir del armario. Mis padres son superconservadores. Si un día me plantara en casa con un chico y les dijera que es mi novio, no veas la que me montarían. Ya me huelo la bronca, las lágrimas, las visitas al psicólogo y eso de «¿qué hemos hecho mal contigo?» o «¿no ves que es antinatural?». Decida lo que decida, para ellos prefiero **seguir siendo un machote.** No quiero romper mi familia.

Pero es que tampoco me veo llevando una vida secreta frecuentado bares de ambiente o mazándome en el gimnasio para ligar con cualquiera. Eso de salir por ahí a bailar o a comprar ropa no va conmigo. O sea, puede que me gusten los chicos, pero el mundo gay no es para mí. A lo mejor **lo que soy es bisexual,** porque hay chicas que también me ponen.

Estoy que no sé qué hacer ni con quien hablar. A lo mejor debería bajarme una *app* y quedar con alguien en secreto para **salir de dudas.** O rezar para que acabe esta fase y vuelva a ser «normal». Lo raro es que, por debajo de todas las dudas y el mal rollo, me siento algo así como eufórico, como muy excitado y con ganas de gritar.

Uf, sobre todo cuando pienso en Hernán.

¡Te han dejado un comentario!

Ser o no ser (gay), esa es la cuestión.

Déjame que empiece por referirme a tus últimas palabras para transmitirte, ante todo, un mensaje de tranquilidad y de optimismo. Si más allá de tu preocupación y desconcierto te sientes contento y nervioso, es porque has empezado a investigar y a **entender quién eres,** a afrontar tu sexualidad por encima de lo que otros esperan de ti. ¡Vas por buen camino!

No quiero decir con esto que seas gay, hetero o bisexual. Eso es algo que **TÚ MISMO DESCUBRIRÁS** y que quizá cambie a lo largo de tu vida. Tampoco importa si decides definirte ahora o pasas de etiquetas. Sencillamente, estás en un punto en el que los chicos te atraen más que las chicas, ¡y no tienes que avergonzarte por ello!

Fíjate en que los chicos heterosexuales no suelen expresar dudas como «creo que soy heterosexual». No necesitan repensar su sexualidad, porque no les preocupa. No dejes que te preocupe a ti por el MIEDO A NO SER ACEPTADO. Si alguien te rechaza por eso, es que no vale la pena.

GAY · GAY · GAY · GAY · GAY

Aunque por suerte España es uno de los países más avanzados del mundo en materia de derechos LGBTI, aún queda mucho trabajo de concienciación. Prueba de ello **SON TUS PROPIOS PREJUICIOS.** ¡Ser gay no te hace «anormal»! Significa exclusivamente que te sientes atraído por personas de tu sexo. Nadie te pide que por serlo cambies de amistades, de forma de vestir, de actuar o divertirte. Tampoco te sientas con derecho a opinar sobre cómo deberían comportarse las personas por su opción sexual. Sencillamente sé tú mismo.

En cuanto a lo de «salir del armario», **EL PRIMER PASO ES ACEPTARTE** y decirte «no hay nada malo en ello». Después puedes comunicárselo a alguien de confianza –un amigo, un hermano, un profesor– que sepas que te apoyará. Es cierto que en ocasiones es la propia familia la que tardará más en asumirlo. Por fortuna, con el tiempo el cariño suele vencer los prejuicios, aunque solo tú puedes valorar a quién y cuándo quieres contárselo. No dejes que nadie tome esa decisión por ti. Eso sí, recuerda que la mayoría de la gente que «sale del armario» dice sentirse más feliz y segura de sí misma.

Respecto a tus primeras experiencias sexuales, no te diría ni más ni menos que lo mismo que a alguien que se sintiera heterosexual. **No fuerces la situación** si no te sientes preparado o si ello implica un riesgo para tu cuerpo o tu bienestar. Ya llegará el momento ;)

Te estamos redirigiendo a...

 Bandeja de entrada (1)

De: Pedro Javier González Zerolo <pzerolo1960@lgtbi.es>
Asunto: El amor es el mejor de los activismos

No sabes las ganas que tenía de escribirte. Mi nombre es Pedro, y además de abogado, político y miembro de la Ejecutiva del Partido Socialista Obrero Español, fui un destacado activista y militante por los derechos de la comunidad LGBTI.

Aunque hijo de españoles y tinerfeño de adopción, lo cierto es que nací en Venezuela en 1960. De mi madre heredé el carácter suave, pero combativo, y mi apellido de guerra, «Zerolo», el que ha quedado en el recuerdo. Mi padre, pintor y profesor exiliado en Caracas, me transmitió muy pronto su pasión por la política.

Creo que ya desde niño, cuando comprendí que era gay en un mundo en que la homosexualidad estaba estigmatizada, supe que toda mi vida iba a ser una bandera. Que mi existencia estaría marcada por la política y que deseaba cambiar el mundo. Fue ese deseo el que me llevó a estudiar la carrera de derecho en la Universidad de la Laguna, en Tenerife, isla donde pasé mi infancia y mi adolescencia.

Cuando a los veintiún años me licencié, me trasladé a Madrid. Mi intención era la de preparar oposiciones para abogacía del Estado, aunque confieso que me dejé seducir por esa ciudad efervescente y plural de los años ochenta. Era la época de la movida y me eché a la calle, por decirlo así. A mi vocación política se sumó entonces el interés por el activismo, por ayudar a la gente desfavorecida, por hacer visible y paliar la discriminación. De hecho, la calle y los movimientos sociales fueron mi verdadera escuela de política. Todo lo que hice después fue intentar trasladar ese espíritu a las instituciones.

Colaboré con parroquias para socorrer a personas en situación de vulnerabilidad, trabajé como asesor jurídico y después como presidente de COGAM (Colectivo Gay de Madrid) e incluso dirigí la Federación Estatal de Lesbianas, Gays, Transexuales y Bisexuales.

Tuve que dimitir en 2003, cuando acepté formar parte de las listas del Grupo Municipal Socialista al Ayuntamiento de Madrid.

Aunque fueron muchos los frentes en los que combatí, de mi labor en el partido se recuerda especialmente mi defensa del derecho al matrimonio homosexual. Honestamente, sabía que estaba abriendo el camino para el cambio, pero nunca pensé que llegaría a verlo terminado. Me equivoqué. En 2005, el Congreso de los Diputados aprobó la modificación del Código Civil que hoy permite contraer matrimonio a las parejas del mismo sexo.

Lamentablemente, un cáncer de páncreas acabó con mi vida en 2015, aunque me queda el consuelo de que la ciudad que me adoptó aún me recuerda. Y lo hace con la plaza que, en el madrileño barrio de Chueca, lleva ahora mi nombre.

Perdonad si hablo en voz baja, pero son las cuatro de la mañana y en casa están todos durmiendo. Bastante tensa está la cosa como para ponerme a dar gritos. Acabo de apagar la Play y aún no tengo sueño, así que he decidido grabar un vídeo para explicar un poco mi historia. *Spoiler alert:* no acaba bien. Bueno, lo peor es que ni acaba, **NI AVANZA NI VA A NINGUNA PARTE.** Como yo.

Mira, a mí de canijo el colegio ya me aburría bastante, sobre todo porque **NO ENTENDÍA NADA DE NADA.** Pero vamos, lo toreaba como podía. Después, cuando pasé a secundaria, empecé a coleccionar suspensos. Repetí primero. Repetí tercero. Al final conseguí sacarme cuarto y empecé un módulo de audiovisuales, porque a mí lo que me molaría es diseñar videojuegos. Pero ya hace dos meses que **no piso la escuela.** Normal, si allí de videojuegos nada. Se empieza otra vez con la mierda de los libros. Y yo para eso no valgo.

«¡Pues, si no vales para estudiar, tendrás que moverte tú!» dice mi madre cuando me saca a rastras de la cama. ¿Que me mueva cómo? ¿Bailando reguetón? Sin estudios ni experiencia a ver dónde me van a contratar, y lo poco que sale no me gusta. Tampoco me veo pateándome empresas para pedir un curro. Igual es por flojera, por vergüenza o por una mezcla rara, pero no me sale. ¿Y qué iba a poner yo en un currículum? **¿EXPERIENCIA DEMOSTRABLE EN EL FIFA** y viendo *realities?* No sé, veo el futuro muy negro.

Mi padre, que lleva meses en el paro, me comprende mejor y dice que lo que necesito es «algo para arrancar». Ya, pero ¿cómo? Todo es un asco. No puedo pagarme una escuela privada y los cursos públicos están tan petados que nunca entras. En este mundo **lo único que funciona son los enchufes.** La cuñada de un vecino trabaja en una productora. A lo mejor por ahí...

A ver, que en casa de mis padres estoy como un rey, pero me paso todo el día encerrado viendo series o jugando a la

consola. Al final se me hacen las cinco de la mañana, me levanto tarde y vuelta a empezar. Mi madre dice que no soy un «nini», que soy un «ninini». «Ni estudia, ni trabaja ni le importa». ¡Y CLARO QUE ME IMPORTA!

Pero paso de pensarlo demasiado...

Desde 2006 a 2016, España fue el segundo país de la Unión Europea en el que más creció el número de ninis (jóvenes a partir de quince años que ni estudian ni trabajan). Te digo esto no solo para que veas que existen muchos otros adolescentes en tu misma situación. También para concederte que, desde que comenzó la crisis económica, las condiciones laborales y el acceso al trabajo y la formación se han dificultado enormemente. Y que esta dura situación se **ESCAPA A TU CONTROL.**

Ahora bien, eso no justifica que te dejes arrastrar por la apatía, el desánimo y la resignación. **DEJA A UN LADO LAS EXCUSAS** y quítate ahora mismo la etiqueta negativa de «nini». De tu padre dices que «ESTÁ en paro» y no que «ES un parado», ¿verdad? ¡Pues tú tampoco estás condenado eternamente! No conviertas eso de «ni trabajo ni estudio» en «nunca haré nada». Escapa del conformismo, del victimismo y de la queja. Vuelve a tomar las riendas de tu vida.

En primer lugar, necesitas tener responsabilidades para madurar. A menudo los padres son **sobreprotectores** y nos acostumbran a conseguir todo con su ayuda y de inmediato. Quizá por eso no estés concienciado para esforzarte. Sin embargo, si no trabajas ni estudias, deberías salir de tu burbuja y empezar por **TOMAR RESPONSABILIDADES** en casa. Colabora con las tareas domésticas, ve a hacer la compra, ayuda a tus hermanos, lo que sea... Procura también salir regularmente a la calle, hacer deporte, no abusar de las pantallas y mantener unos hábitos y horarios saludables. Si no lo haces, dañas la armonía familiar y podrías caer en esa depresión que se abre bajo tus pies.

En cuanto a tu futuro, ten calma y no dejes que los fracasos destruyan tu autoestima. Casi nadie triunfa de la noche a la mañana. Por eso debes proponerte **METAS REALISTAS.** Habla con tus padres o amigos de tus intereses, tus aspiraciones y tus habilidades, y tratad de buscar soluciones coherentes. Si tú quieres dedicarte al mundo de los videojuegos, deja de soñar. Focaliza y piensa cuáles son tus opciones. Quizá descubras que lo mejor es volver al instituto o buscar un trabajo temporal con el que ahorrar para una formación adecuada.

Por último, piensa que lo importante es seguir aprendiendo y trabajando para aportar algo al mundo, incluso si no coincide exactamente con nuestros planes. Si pones **pasión en todo lo que hagas,** acabarás por encontrar tu camino... o uno de ellos.

Te estamos redirigiendo a...

✉ Bandeja de entrada (1)

De: Basquiat <SAMO@graffitiart.com>
Asunto: Pasión, talento y esfuerzo

Hola, colega, mi nombre es Jean-Michel Basquiat y creo que tenemos algo en común. También yo me vi perdido y sin futuro en cierto momento de mi vida. Y luego, aunque te cueste creerlo, pasé de vivir como un vagabundo a convertirme en un artista famoso. Deja que te cuente.

Aunque nací en Brooklyn en 1960, mi padre era un acomodado contable haitiano y mi madre, una prestigiosa diseñadora gráfica puertorriqueña. Pronto descubrieron que yo tenía un cociente intelectual superior a la media y una gran facilidad para aprender. Ya ves, nada hacía presagiar dificultades para mí. Pero las hubo, tío. El divorcio de mis padres y la enfermedad mental de la que empezó a mostrar síntomas mi madre me llenaron de rabia y sufrimiento. Cambié varias veces de escuela hasta terminar en la City-As-School, un instituto de arte para adolescentes superdotados. No era tan genial como parecía y, un año antes de graduarme, fui expulsado por rebelde.

Ya por entonces había entrado en contacto con varios grafiteros neoyorquinos y, como ellos, firmando con el alias de SAMO, me dedicaba a decorar con mi arte cualquier superficie que se estuviera quieta el tiempo suficiente: muros, vagones de metro, edificios abandonados Al mismo tiempo, la relación con mi familia empeoraba y decidí irme de casa. Viví dos años solo, en edificios abandonados del bajo Manhattan, o acogido en pisos de amigos, vendiendo postales y camisetas que yo mismo pintaba para sobrevivir.

Estábamos llegando a los años ochenta y en Nueva York había florecido una vibrante cultura suburbana en la que se mezclaban el arte pop, el punk, el grafiti, el expresionismo abstracto, el hip-hop y otros muchos movimientos artísticos. Por algún motivo, la gente empezó a interesarse por mi arte, que albergaba mensajes de contenido poético, filosófico y satírico. De la noche a la mañana me vi codeándome con la bohemia neoyorquina liderada por Andy Warhol. Y a principios de los ochenta, mi obra llegó al mercado y me convertí en el primer artista negro que ocupó la portada de *The New York Times*.

En mis obras, a las que puedes echar un vistazo en internet, se mezclaban las influencias de la cultura urbana con el arte africano, el jazz, las resonancias caribeñas y el neoexpresionismo. Pretendía hacer piezas diferentes y directas que provocaran una emoción instantánea en el espectador. Te costará creerlo, pero hace poco un empresario japonés pagó 99 millones de euros por una de mis emblemáticas «cabezas negras». El caso es que nunca asistí a una escuela de arte. Todo lo que sé lo aprendí mirando y trabajando.

Por desgracia, y como le sucedió a otros artistas de mi generación, la droga acabó con mi vida a los veintisiete años y me convertí en un icono trágico del arte contemporáneo. Pero te pido que te quedes con lo bueno. Al menos, la pasión me ayudó a encontrar mi camino.

Llegué a pensar que sería un perdedor el resto de mi vida.

Capítulo 23
Quiero ser *youtuber*

Nada, tío. Ni haciendo *gameplays*, ni con los miles de *challenges* que me he comido, ni siquiera metiéndome en el salseo a saco... Mi número de suscriptores no sube. Ya no sé qué hacer para convertirme en *youtuber*. Bueno, *youtuber* ya soy, claro. Quiero decir **Youtuber, con «Y» mayúscula.** O sea, para triunfar y poder dejar los estudios, como han hecho algunos de mis ídolos. Que son los que me inspiran, tanto que ya casi hablo como ellos. Normal, me sé sus vídeos de memoria y ahora me estoy pillando también sus libros, que son para mearse de risa. Para que luego digan que no leo.

Esos sí que se lo han montado bien. Empezaron con una *webcam* cutre grabándose en su habitación y ahora tienen millones de suscriptores por todo el mundo. Viven como quieren, se pasan todo el día en su casa jugando a juegos o haciendo bromas, son colegas entre ellos, hay un montón de chavales que los admiran y de chicas babeando por ellos. Y, para colmo, **hacen mogollón de pasta.**

Por cierto, he oído que YouTube solo te empieza a pagar por un vídeo si tiene más de mil visualizaciones. Vale, pero **¿CUÁNTO TE PAGA EXACTAMENTE?** ¿Y cómo consigo que me manden productos gratis para promocionarlos en mi canal? ¿Me contactarían los anunciantes si llego a los 10.000 *likes*, por ejemplo?

Lo digo porque, hasta ahora, de mis vídeos el que más ha triunfado fue una broma que le hice a mi hermana pequeña. Conseguí una caja de iPhone casi nueva y le dije que le había

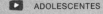
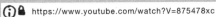

comprado un teléfono por su cumpleaños. La convencí de que nos grabáramos juntos haciendo el *unboxing* para subirlo al canal. Y lo subí, claro. Lo que ella no sabía es que en la caja solo había arena y dos cucarachas vivas. Pegó un grito que casi me peta el altavoz. Total: **2.377** *likes* y un montón de comentarios con mensajes de apoyo. Bueno, y algún *hater* sin sentido del humor.

Mi idea era seguir por ahí, lo malo es que la enana ahora dice que tiene pesadillas y mi madre quiere dejarme sin campamento tecnológico este verano (uno con cursos para hacerse *youtuber* y tal). Mi padre está ayudándome a convencerla y le dice: «Déjale, a ver si este con la tontería nos saca de pobres». Pero para eso necesito tu ayuda:

¡SUSCRÍBETE Y DALE AL LIKE!

¡Te han dejado un comentario!

¡Sonríe, papá, estás en YouTube!

Cuando acudo a un encuentro con lectores, suelo preguntar a los chavales qué sueñan ser de mayores (con la pobre esperanza de que alguno me responda que quiere ser escritor). Muchos, al igual que tú, afirman que **quieren ser youtubers.** Aunque últimamente se hable de ello como una profesión, para mí no significa exactamente eso. YouTube es más bien un canal de expresión y difusión, un medio estupendo para que cualquiera pueda darse a conocer **SIN RESPALDO DE NADIE,** solo mediante su talento y su *webcam*. Un *youtuber* puede dedicarse al humor, a la divulgación cultural, a la crítica deportiva, al análisis de videojuegos... ¿Qué es lo que querrías aportar tú, por ejemplo?

El conseguir fama y hacer dinero rápido no me parecen motivaciones sanas ni suficientes para hacerse *youtuber*. Es como el que sueña con ser futbolista solo por ser admirado. Las redes nos tientan con la posibilidad de un triunfo fácil y vacío, y digo «vacío» porque tras esa ambición a veces no hay un contenido ni unos ideales, solo narcisismo. Pero es necesario tener **algo que contar** y talento para transmitirlo.

No es oro todo lo que reluce y no se suele valorar todo el esfuerzo que hay detrás de cada vídeo. Es importante ser **buen comunicador,** tener una familiaridad con la cámara, usar un lenguaje propio, conocer y cuidar los detalles técnicos, saber manejarse en redes y ser fuerte para exponerse a la pérdida de privacidad y a las posibles críticas, a veces devastadoras. Muchos *youtubers* reconocen que esas son cosas que no se pueden aprender en un curso.

Lo que me parece preocupante es el tipo de comportamientos que muchos jóvenes suelen admirar en la red. Me refiero a las bromas crueles, al cotilleo, a la crítica y la burla, al machismo y los comentarios denigrantes sobre la mujer o el físico de los demás... Todo eso se hace en nombre de un supuesto «sentido del humor» que para mí no tiene gracia. Ese es el camino que has iniciado al intentar conseguir suscriptores **a costa del ridículo de los demás.**

¡Eh! Bienvenidos a mi vídeo tutorial para echarse la siesta correctamente.

En mi opinión, sería más valioso que desarrollases tus propios contenidos originales basados en tus intereses y preparación. ¿Te gusta leer? ¿Sabes crear algo con tus manos? ¿Eres un experto en deporte? COMPARTIR ESOS CONOCIMIENTOS por pura afición puede resultar tan gratificante y enriquecedor para ti y tus seguidores que quizá hasta te olvides del dinero y de contar *likes*.

Te estamos redirigiendo a...

✉ Bandeja de entrada (1)

De: RobRex <follower15@suscribeteamicanal.com>
Asunto: El podium de YouTube

Apuesto a que ya conoces a los *youtubers* españoles que causan furor entre los adolescentes. Los jóvenes (y no tan jóvenes) Willyrex, Alexby, Wismichu, MangelRogel, Auronplay, Vegetta777 o El Rubius son admirados u odiados por igual, pero no dejan indiferente a nadie. Los dos últimos, además, forman parte de la lista de los diez *youtubers* con más suscriptores del mundo (según datos de 2017 y si excluimos los canales de cantantes profesionales). Pero ¿sabes quiénes son las dos únicas celebridades cuyo canal está por encima en este *ranking* de «ElRubiusOMG»?

El segundo puesto lo ocupa también un *youtuber* de habla hispana. Se trata del cómico y músico chileno Germán Alejandro Garmendia con su canal «HolaSoyGerman». Nacido en 1990, es el creador de contenidos *online* más popular de Latinoamérica.

De pequeño, Germán era un niño serio, buen estudiante, solitario y con pocos amigos. Sus dos grandes y primeras pasiones fueron los videojuegos y la música. De hecho, además de su canal estrella dedicado al humor, tiene otros donde muestra su trabajo como músico (lidera una banda de pop rock alternativo llamada *Ancud*), juega a videojuegos o simplemente habla de temas personales.

Respecto a los consejos para los jóvenes que quieren ser *youtubers*, Germán afirma que muchos piensan que se trata de grabar un vídeo en una hora y ya, pero que es mucho más que es eso. Que todo tiene un gran trabajo detrás y tienes que comprometerte y ser tan responsable como si quisieras ser músico o deportista. También resalta la importancia de hacer lo que te gusta sin pensar en la fama o el dinero.

El oro es para Felix Arvid Ulf Kjellberg o, dicho de otro modo, PewDiePie, el *youtuber* sueco nacido en 1989 que comenzó a conquistar al mundo con vídeos en los que exhibía su cobardía y torpeza mientras jugaba a videojuegos de terror. Al principio tenía tan pocos seguidores que intentó suscribirse a su propio canal. Luego, cuando empezó a hacerse popular, diversificó los contenidos y comenzó a probar juegos de diferentes géneros y creadores independientes y a incluir gags y monólogos cómicos.

Estar en lo más alto de este podium, no resulta tan fácil. El entusiasmo de los admiradores de PewDiePie llega a ser en ocasiones tan abrumador como las críticas de sus detractores. El propio *youtuber* relata el agobio que siente cuando en los eventos públicos tiene que ser protegido por guardias de seguridad o cómo un simple *selfie* en un hotel puede atraer al lugar a cientos de fans. Aún así, afirma que intenta que su vida diaria siga siendo la misma que cuando empezó despachando perritos calientes en un puesto ambulante.

Capítulo 24

¿Drogas? Yo controlo

Subscribirse   23.845.155   6.551.942 visualizaciones

Añadir a   Compartir   Más   555.165   6.329

Este es un mensaje para todos los que criticasteis mi vídeo de la semana pasada diciendo que si iba colocado, que si estoy *colgao* o qué me pasa, que si me voy a hacer papilla el cerebro y que si 𝔹𝕃𝔸, 𝔹𝕃𝔸... La verdad, me parece que sois un poco críos. Si no sabéis distinguir entre un yonqui y alguien que se fuma un porro cuando sale de fiesta para reírse un rato, podéis borraros del canal y ya, si eso, volvéis cuando crezcáis un poquillo.

Vale que yo también era uno de esos que decía que jamás en mi vida probaría un cigarro, ni un porro ni una pastilla. Menos mal que luego me junté con gente con la mente un poquito más abierta que me hizo ver lo rancio que me había vuelto. Porque eso es precisamente lo que hacen las drogas blandas (cuidadito con las duras): **ABREN LA MENTE** y te hacen más libre. ¿Es que tú conoces a alguien que se haya muerto por sobredosis de porros?

¿Qué más iba a decirte? Ah, ya. Que para mí es básicamente una forma de divertirme y de olvidar malos rollos cuando estoy con mi gente. Si acaso, un canuto antes de acostarme para relajar, y ya. Se trata de **SABER CONTROLAR UN POCO**. A no ser que una noche te dé por desfasar algo más de la cuenta y meterte algo más fuerte, que eso allá cada uno. ¡Tampoco te vas a morir por una sola vez!

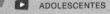
Con esto de la drogas hay mucha **HIPOCRESÍA.** Todos los políticos y los famosos de la tele haciendo campañas para que los jóvenes no las prueben y luego fijo que muchos se meten de todo. ¡Si hasta mi madre me reconoció que había probado la maría! Esa droga es completamente natural y hasta la recomiendan para uso terapéutico. Y mira el alcohol y el tabaco. También son drogas y las puedes pillar en cualquier sitio. Tan malas no serán.

Sobre todo, que quede claro que no es que las necesite. Lo único es que ahora mismo estoy en edad de experimentar y de probar cosas nuevas. Si alguna vez noto que me sientan mal o que me están friendo la cabeza, pues, pues... bueno, pues eso, que **lo podría dejar mañana mismo.** A mí voluntad nunca me ha faltado.

En fin, que si sabes dónde está el límite no tiene porqué pasarte nada.

Ahora a ver quién le baja el subidón.

Me quedo con tu última reflexión sobre las drogas: «Si sabes dónde está el límite, no tiene porqué pasarte nada». Desgraciadamente, a muchos les cuesta años de sufrimiento entender que el límite lo cruzaron cuando, como tú, empezaron a consumirlas y a engañarse pensando que eran lo bastante fuertes como para resistir sus efectos y su potencial adictivo.

Tú mismo dices que eres fuerte, que no eres un crío, que no te falta voluntad. Y, sin embargo, empezaste a consumirlas precisamente por la presión de tus amigos, por no ser el «rancio» del grupo. ¿Ves?

YA HAS EMPEZADO A ENGAÑARTE.

Afirmas que las usas solo para divertirte, pero veo que también RECURRES A ELLAS para «relajarte», para «olvidar malos rollos», para «abrir la mente» e incluso para «desfasar». Dicho de otro modo, ya dependes de ellas en multitud de situaciones. Y no soy tan ingenuo como para negar que las drogas generan placer. ¡Ojalá solo hicieran eso! Pero el placer se produce en la fase inicial. En el consumidor habitual, el efecto de la droga es mitigar las molestias que siente cuando no la consume. Son tentadoras, pero no vale la pena arriesgarse.

Por otro lado, ¿es que antes de consumir drogas no te divertías? ¡Claro que sí! De hecho, **NADIE LAS NECESITA** antes de probarlas por primera vez. Lo malo es que en ese momento nos parecen una solución fácil y rápida contra nuestra timidez, nuestro aburrimiento, nuestros problemas o, sencillamente, para encajar. Y no somos capaces de ver el precio que nos harán pagar por ello. Da igual si se trata de cannabis, marihuana, pastillas o cocaína. No te centres en argumentar cual es mejor o peor. Todas producen adicción y, a corto o largo plazo, todas tienen **EFECTOS DEVASTADORES,** especialmente en adolescentes que aún se están formando física e intelectualmente. ¡Tu cerebro empieza a deteriorarse desde el primer momento!

Tampoco te excuses en la hipocresía de quien las critica pero las consume o de que si esta o aquella tienen usos terapéuticos. Aunque sea cierto, ESO NO CAMBIA NADA PARA TI.

Las probabilidades de pasar del uso al abuso y, por último, a la dependencia son altísimas. Muchas personas fuertes terminan completamente enganchadas y destruidas, y lo peor es que ni siquiera perciben que están atrapadas hasta que ya es demasiado tarde.

Tú aún estás a tiempo de no engancharte. Puede que el proceso de dejarlas te resulte algo desagradable. Pero, confía en lo que te digo, ninguna de las posibles molestias será comparable a la alegría que sentirás al **RECUPERAR TU LIBERTAD.**

Te estamos redirigiendo a...

✉ Bandeja de entrada (1)

De: Acher <acher2211@waterpolopassion.es>
Asunto: ¡Mañana lo dejo!

Es cierto eso de que ni siquiera las personas que parecen más fuertes están a salvo de caer en el abismo de las drogas. Por ejemplo, tal vez conozcas a Pedro García Aguado. El rostro de Pedro se hizo popular en los últimos años por haber sido el conductor hasta 2015 del reality *Hermano mayor*. En ese espacio, Pedro trabajaba como orientador con jóvenes con comportamientos violentos y adictivos para ayudarles a cambiar sus vidas. Lo que no todos saben es que él mismo, a pesar de la imagen de seguridad y fortaleza que proyecta hoy, echó a perder su carrera como deportista de élite por culpa de la droga.

Pedro nació en Madrid en 1968, y empezó a acudir regularmente a la piscina para acompañar a sus hermanas mayores, ambas nadadoras. Fue allí donde descubrieron su potencial y comenzó a entrenar. A los dieciocho años ya era waterpolista de éxito y medallista olímpico. Sin embargo, para entonces también era consumidor de alcohol y otras drogas blandas.

Aunque en su caída tuvieron que ver factores personales como la separación de sus padres, él mismo admite que empezó a consumir por imitación de los mayores: sus hermanas, su entrenador, compañeros de equipo mayores que él... Y, ante todo, porque nunca se vio a sí mismo como una posible víctima. Pensaba que los drogadictos eran necesariamente gente problemática y marginal. Él, en cambio, era el tío fuerte que estaba a las puertas de la gloria.

Pedro, que pronto pasó de las drogas blandas a la cocaína (mezclada con tremendas cantidades de alcohol), era capaz de interrumpir unos meses su consumo, pero siempre recaía. Tanto es así que, quince días antes de las Olimpiadas de Barcelona 92, fue expulsado del equipo. Entonces decidió hablar con su entrenador para pedirle ayuda. Este le permitió seguir entrenando con la condición de pasar controles antidopaje diarios. El día previo a la competición estaba «a cero», así que pudo participar y conseguir su segunda medalla.

Por desgracia, las cosas solo empeoraron a partir de ahí. Aunque afirma que nunca jugó bajo los efectos de ninguna droga por miedo a sufrir un infarto, Pedro siguió intentando compaginar sus entrenamientos con fiestas en las que a veces desaparecía durante días, y de las que despertaba sin recordar nada en casas que ni siquiera conocía. Para excusarse por no asistir a un partido, incluso llegó a fingir que estaba enfermo, pasándose gatos por la cara, a los que era alérgico y que le provocaban grandes sarpullidos. Ni siquiera los triunfos deportivos le importaban.

Solo pidió ayuda seriamente cuando no tenía dinero ni nada a lo que agarrarse; nadie a quien culpar de sus desastres. Afortunadamente, y gracias a un largo proceso de rehabilitación, Pedro lleva «limpio» desde 2003 y, tras su reinserción, en 2008, publicó un libro titulado *Mañana lo dejo,* la mentira que se decía siempre y con la que se engañan la mayoría de adictos.

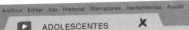

Capítulo 25

Si me enfado es porque la quiero

Todo lo hago por ella.

▶ ▶❙ ◀♪ ⋯   ◻ ◯ ◻ ⟷

 Subscribirse   23.845.155   6.551.942 visualizaciones

➕ Añadir a   ➤ Compartir   ●●● Más   👍 555.165   👎 6.329

En serio, no entiendo a mi novia. Antes de conocerla, hace ocho meses, yo era un tío completamente distinto. Pasaba bastante de las chicas y nunca creí que me fuera a comprometer. Ahora, con mi novia, soy hasta cariñoso y, sobre todo, **SIEMPRE ESTOY PENDIENTE DE ELLA.**

En cambio, ella mucho decirme «tienes que ser más romántico», pero luego es incapaz de cambiar por mí.

👍 201

Por ejemplo, tiene un amigo con el que tontea un montón (aunque ella diga que no). Siempre están con bromitas y hasta se tocan o se abrazan estando yo delante..., como si no existiera. Hasta ahora me he aguantado las ganas de partirle la cara, pero cada día lo llevo peor. Igual es que ella es muy inocente, pero **el tío va a lo que va.** Eso se ve enseguida.

Es por eso que un día le miré el WhatsApp en un descuido. ¡Y no era ya lo del pavo este, es que tiene un montón de tíos agregados que ni conozco! Bueno, pues cuando se lo dije me empezó a decir que para qué me meto a cotillear, que soy un celoso, **QUE NO LA DEJO VIVIR...** Vamos, que le dio la vuelta a la tortilla, cuando era yo quien la había pillado. Al final quedamos en que yo no le miraba el móvil, pero que ella me enseñaba cualquier conversación si no me fiaba.

Pero estoy que salto a la mínima, porque me parece que **NO ME RESPETA.** Es decirme que va a salir por ahí con sus amigas y me pongo paranoico. Y aunque salga yo también, me paso toda la noche pendiente del móvil para preguntarle que con quién anda, a qué hora va a volver, quién la va a llevar a casa. Pues no creas que ella se molesta en contestar pronto. Todo lo que le pido es que me mande alguna foto o su localización para quedarme tranquilo. Y ella: «¡Si no va a pasar nada!».

Si «no va a pasar nada» no será porque no tenga babosos detrás. Y más si **no se corta un poco** a la hora de vestirse y maquillarse. Si va por ahí como si estuviera soltera, normal que le entren, que hay mucho buitre suelto. Ya le he dicho que personalmente no me gusta que se ponga escotes hasta el ombligo o una falda que parece un cinturón. Y bueno, al menos en eso me suele hacer caso.

PERO NO ME QUEDO TRANQUILO, TÍO.

No dudo que, a tu manera, quieras a tu novia, pero esa «manera» de quererla es completamente tóxica. Literalmente, os está envenenando hasta el punto de que lo que en principio podía parecer una relación de amor, sin duda se ha convertido en una relación de sumisión y control psicológico que incluso podría derivar con el tiempo en un maltrato físico. Y **el problema** esencial no **es** de tu novia, sino **tuyo.**

Me asusta ver cómo, poco a poco, los jóvenes estáis rescatando y perpetuando el mito de ese anticuado amor **romántico** y **machista** que aún nos muestra cierto tipo de literatura, de cine y de música: la mujer, como una débil damisela que el valiente caballero debe proteger. Como alguien cuyo honor hay que defender a toda costa. Una especie de joya valiosa que ningún otro hombre debe tocar y que le debe obediencia a su pareja.

Quizá te reirías si vieras una historia así en una película. Sin embargo, es exactamente lo que sucede entre vosotros. Esa visión pseudoromántica de la protección y la dominación por amor te ha llevado a establecer una relación completamente desigualitaria con tu novia. Para empezar, pareces considerarla algo de tu posesión. Un preciado objeto **que puedes controlar** a tu antojo: ¿cómo se viste?, ¿con quién habla?, ¿qué hace cuando no está contigo? Y ella, en vez de pararte los pies, trata de aceptarlo porque cree que tus celos significan que la quieres.

Pero **QUERER NO ES ESO.** Si realmente quieres a alguien, no tratas de hacerlo cambiar a tu gusto, no invades su intimidad y mucho menos le impones reglas o condiciones para seguir queriéndote. Al contrario, confías en la otra persona y esperas de su parte la misma confianza. Los dos seguís siendo libres para tener vuestros propios amigos, vestir como os parezca o hablar con quién os dé la gana. Que reclaméis vuestro derecho a la privacidad no significa que no os respetéis, sino que estáis involucrados en una relación sana donde podéis ser **VOSOTROS MISMOS.**

«¿Y si llegara realmente a engañarme, qué?», preguntarás. Seguro que te sentirías decepcionado y tendrías que gestionar las consecuencias de ese engaño. Pero ¡eso es a lo que se arriesga cualquiera que se compromete en una relación! Ante todo, no lo tomes como una ofensa a tu honor, puesto que no eres su dueño. Recuerda que los celos, el control y el aislamiento al que se somete a una mujer son las primeras señales de violencia de género. Y que **en libertad se quiere más y mejor.**

Te estamos redirigiendo a...

✉ Bandeja de entrada (1)

De: Martín <martinvm@hombresporlaigualdad.com>
Asunto: Machacando estereotipos

Si te digo que te escribo para hablarte de una celebridad americana comprometida con el feminismo y la igualdad de género, seguramente no estés pensando en un exjugador de la NFL (Liga Nacional de Fútbol Americano) de casi dos metros de altura y cien kilos de peso. Pero así es. Terry Crews parece ser el tipo de hombre que rompe estereotipos en todos los sentidos.

Terry nació en Michigan en 1968 y ha formado parte de equipos tan célebres como Los Angeles Rams, San Diego Chargers y Washington Redskins. Tras terminar su carrera de deportista de élite durante cinco temporadas, se hizo célebre como comediante, modelo publicitario, actor de doblaje e intérprete en películas de acción y comedias como *Los mercenarios* o *Dos rubias de pelo en pecho*.

Es padre de un chico y cuatro chicas. Explica que fue precisamente pensando en sus hijas y en su mujer como empezó a interesarse por el feminismo y los asuntos de género. También influyó el hecho de haber sido testigo del machismo del que hacían gala muchos de sus antiguos compañeros deportistas, que a menudo trataban a las mujeres como simples trofeos.

El exjugador se queja de los estereotipos de género, según los cuales los hombres y mujeres se ven forzados a comportarse de forma diferente. A él mismo le acusan de que algunas de sus aficiones, como pintar, bailar o tocar la flauta son «muy femeninas». También dice que la gente espera de los hombres que sean los duros de la pareja, los que controlen, protejan y sean posesivos con sus novias o esposas. Afirma, además, que estos estereotipos suelen generar violencia hacia las mujeres y, lo que es peor, hacen que la culpa y la vergüenza recaigan sobre ellas cuando existe una agresión (por ejemplo, al responsabilizarlas por el modo en que visten). Incluso se atreve a citar el célebre best seller *Cincuenta*

207

sombras de Grey como un ejemplo de cultura popular que trata de vendernos una situación de abuso y control como un ideal romántico.

Crews confiesa que de joven también cayó en esa trampa. Pensaba que estaba por encima de las mujeres, que era su deber cuidarlas y resolver sus problemas. Esta convicción estaba asociada al orgullo masculino que le impusieron desde pequeño: «Te enseñan que el orgullo es inherente al hombre y que es algo positivo. Sin embargo, el orgullo te impide crecer como persona».

Además de seguir labrándose un impresionante historial en cine y televisión, en 2014 Crews publicó *Manhood*, un libro contra los prejuicios de género, y es embajador del Proyecto Polaris, una organización que lucha contra la explotación sexual en todo el mundo.

La dominación no es amor.

Capítulo 26

¡Ayuda, me hacen la vida imposible!

Subscribirse 23.845.155   6.551.942 visualizaciones

Añadir a   Compartir   ••• Más   555.165   6.329

No puedo más, es que no puedo. Casi ni de contarlo soy capaz. Llevo tanto tiempo callándome que no sé ni cómo empezar. Y es que en todo este tiempo nunca he hablado de ello con nadie. ¿Con quién, si creo que ya no tengo amigos? Y con mi familia, imposible. Pero tampoco quiero guardármelo más o **VOY A VOLVERME LOCO.** Por eso lo digo por aquí, aunque a nadie le importe oírlo.

Ya desde el colegio tuve problemas. A veces a algunos niños de mi clase les daba por hacerme el vacío o me prohibían jugar con ellos. «Son cosas de niños, tú lo que tienes que hacer es pasar.» Eso me decían mis padres alguna vez que me pillaron llorando porque me habían insultado o porque no me invitaban a los cumpleaños. De **LO CRUELES** que son los niños no decían nada. Pero bueno, creí que lo superaría cuando me cambiaron de centro. Pero entonces, al pasar a la ESO, empezó el infierno.

Al principio eran solo bromas sin importancia y yo trataba de quitarle hierro al asunto, sobre todo porque a muchos de los que me las hacían los consideraba mis amigos. Pero luego las bromas empezaron a hacerse más fuertes, a generalizarse entre toda la clase, a repetirse cada día. «Qué bien te sienta el apellido, Gordillo.» «Gordillo, tú quítate que estropeas la foto.» «Todos a por Gordillo.» Algunos, los menos, se callaban, pero no daban la cara por mí.

Y SI HABÍA QUE REÍRSE, SE REÍAN.

Más tarde las bromas se convirtieron en amenazas, en insultos, en mensajes anónimos por Facebook y WhatsApp. Alguna vez, en golpes. Y cuanto más me machacaban, más pequeño y débil me hacía yo. Me levantaba cada día con ansiedad y con ganas de vomitar, pensando solo en ese momento en que tendría que atravesar la puerta del centro. Incluso si no pasaba nada no me quedaba tranquilo hasta llegar a casa. Y mientras, con mis padres disimulaba para que no notaran nada, pero por dentro ya estaba pensando en el día siguiente. Era **UNA TORTURA** que no acababa nunca. Bueno... ¡que no acaba!

Ahora no hablo con nadie, no miro a nadie. He cerrado mis redes, he empezado a sacar peores notas. ¿Qué más quieren? Ya me ha quedado claro que doy asco, que no valgo nada, pero no les basta. Solo quiero escapar, desaparecer, **ROMPER CON TODO...**

Lo siento, pero no veo más salida.

¡PUFF!

¡Te han dejado un comentario!

La terrible situación que vives está hundiendo tu autoestima, arrastrándote a pensamientos destructivos e incluso haciéndote enfermar. Por eso, lo primero que quiero decirte es que **TÚ NO ERES CULPABLE.** Tenlo siempre presente. Cualquiera, por muy fuerte que sea, puede ser víctima de acoso. El hecho de que tus capacidades, tu aspecto o tu sensibilidad te hagan sentir diferente al resto no justifica que te excluyan. Todos somos diferentes. Es precisamente tu diferencia lo que te hace valioso como individuo. Si hay alguien equivocado en toda esta situación, es el que trata de dar salida a su rabia e inseguridad a través del abuso.

 212

En segundo lugar, no esperes ni un minuto más y **DENÚNCIALO.** Puede que sientas temor o vergüenza, incluso que te sientas amenazado, pero callarte solo empeorará las cosas. ¿Qué consecuencias podrías afrontar? Derrumbarte delante de tu familia, que pierdas el curso, cambiar de nuevo de centro. ¡Ninguna de esas cosas sería peor que seguir hundido en una espiral de aislamiento y desesperación!

Habla inmediatamente con tus padres o con un profesor de confianza y cuéntales toda la verdad. **NO MINIMICES EL ASUNTO** ni dejes que ellos lo hagan. Di exactamente lo que ocurre y cómo te hace sentir, hazles ver que sientes temor. En el improbable caso de que no te tomen en serio o quieran hacerte responsable, hay numerosas asociaciones profesionales que te asesorarán para ayudarte, como la que figura al final del libro. Quizá incluso dentro del centro encuentres más apoyo del que piensas, pues a menudo la gente que calla y tolera lo hace también por miedo.

Si aún sigues dudando, piensa que **NO LO HACES SOLO POR TI.** Con tu valentía también estarás ayudando a las futuras víctimas de tus acosadores a que no pasen por lo mismo que has sufrido tú. Incluso te animo a que escribas tu experiencia para que, cuando te sientas de nuevo fuerte, la compartas con otros para prevenir este horrible fenómeno del *bullying*. Tú no eres solo una víctima, también puedes convertirte en parte de esa lucha.

En ese sentido, déjame decirte que, aunque ahora te cueste verlo, tu mundo no se reducirá para siempre a la pequeña sociedad cerrada de un colegio o un instituto. Por eso no debes dejar que esta mala experiencia desmorone tu confianza y tu identidad. Conocerás a mucha gente nueva con la que encajarás y ante la que **VOLVERÁS A SENTIRTE SEGURO.** Es cuestión de tiempo. Mucho ánimo, amigo.

Te estamos redirigiendo a...

✉ Bandeja de entrada (1)

De: Nahuel J. <poetacallejero@sebuscanvalientes.net>
Asunto: Sin miedo a alzar la voz

Si hay un artista al que admiro, ese es El Langui. Y no solo porque me mola su rap, sino porque es un tío comprometido que ha sabido hacer de su aparente debilidad su mayor fortaleza. Y, sobre todo, porque ahora ayuda a otros a conseguir lo mismo.

Su verdadero nombre es Juan Manuel Montilla, nació en Madrid en 1979, en el seno de una humilde familia gitana, y sufre una lesión cerebral severa debido a una falta de oxígeno durante el parto. Lo de El Langui es, en realidad, un apodo heredado de un colega del madrileño barrio de Pan Bendito que, a pesar de sufrir también parálisis, llevaba una vida plena y se apuntaba a cualquier actividad que le propusieran, desde hacer deporte en su silla de ruedas hasta participar en la radio local. Cuando Juan Manuel llegó al mundo de la música, decidió que se presentaría con el mismo nombre. Eso ya dice bastante de su carácter, ¿no?

También siendo pequeño fue víctima de acosadores, que se burlaban de él por su modo diferente de caminar y de moverse o trataban de excluirle en las actividades deportivas del patio. Afortunadamente, reconoce que tuvo a su alrededor a muchos «valientes» que no solo lo defendieron, sino que le dieron seguridad para aprender a plantarse y decir «no» a las injusticias.

Desde entonces la vida de El Langui ha cambiado mucho y su enfermedad no le ha impedido cumplir sus sueños. No solo fue la cara más visible del grupo La Excepción, que supuso una pequeña revolución en el panorama del rap español con canciones que integraban humor, crítica social, aires flamencos y jerga madrileña. También se ha hecho con dos premios Goya (uno como actor revelación y otro como compositor de banda sonora), colabora en radio y televisión y hasta se ha aventurado en el mundo de la literatura.

De todos modos, lo que más me gusta de él es que no se corta a la hora de levantar la voz y hacer peña para defender las causas de los débiles. En un par de ocasiones, por ejemplo, interrumpió la marcha de autobuses que no le permitieron acceder al vehículo con su silla. Una semana después, la Comunidad de Madrid regulaba el acceso de personas discapacitadas a todos los autobuses de la red pública.

Uno de los temas con los que más comprometido está es precisamente el del acoso escolar. De hecho, desde 2017 es unos de los padrinos de la campaña «Se buscan valientes», que pretende concienciar a los jóvenes para que no permitan el *bullying* y lo denuncien. Él mismo ha compuesto el rap alrededor del cual gira la iniciativa y cuya letra, entre otras cosas, nos advierte de que:

¡La fuerza del valiente está en el corazón!

 Capítulo 27

Mi chica se ha quedado embarazada

¡Ayuda, por favor! Esta es una consulta urgente, así que nada de troleos ni bromitas en los comentarios, que estoy atacado. Y mi novia ni te cuento.

NECESITO CONSEJO SERIO.

Iré al grano. Hace unas tres semanas, volvíamos de fiesta y ella se vino a dormir a mi casa, porque mis padres estaban de viaje. No pensábamos hacer nada aunque estuviéramos solos, porque no teníamos condones. Y, la verdad, tampoco estábamos como para ponernos a buscar una farmacia. Pero bueno…, se ve que el alcohol fue más fuerte que nosotros y pensamos que con **la marcha atrás sería suficiente.**

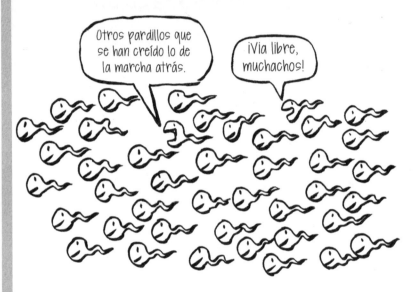

Ahora hace cuatro días que le tenía que haber bajado la regla, y nada. Menudo marrón. Cada quince minutos le estoy preguntando «¿Ya?» por WhatsApp. Y ella, toda borde: «¡Que no, que no me rayes!». Cada vez parece más cabreada, como si la culpa fuese mía. Pues fue ella la que dijo que no pasaba nada cuando yo comenté que lo mismo deberíamos salir a buscar la **píldora esa del día después.** Bueno, la verdad es que tampoco teníamos ni idea de dónde pedirla. Como a la mañana siguiente ella no notaba nada, nos olvidamos del tema.

Ahora estamos totalmente bloqueados. ¿Alguien a quién le haya pasado lo mismo sabe lo que tenemos que hacer? Ya sé que lo primero sería que ella se comprara un test de embarazo, pero cuando se lo digo, siempre responde que vamos a esperar un poco más, a ver si le baja. No solo **ESTÁ ACOJONADA,** es que además creo que se muere de vergüenza por si le dicen algo en la farmacia, porque solo tiene dieciséis años. Pues ¡más vergüenza pasaría yo siendo chico!

Y si al final está embarazada, ¿qué? Yo ahora mismo no puedo asumir esa responsabilidad, pero parece que ella no lo tiene tan claro. Me dejó caer que antes o después querrá tener hijos y que un aborto podría ser peligroso para su salud. Que tampoco se ve teniendo un crío tan joven, pero que se puede dar en adopción. Que primero tiene que consultarlo con su familia. Y eso sí que quiero evitarlo a toda costa, porque sé que sus padres van a matarme en cuanto se enteren. Se me ha ocurrido preguntarle si hay algún método natural de PARAR EL EMBARAZO por su cuenta y no sabes cómo se ha puesto.

¿Es que mi opinión no cuenta nada o qué?

Sé que estás nervioso, pero piensa que tu novia lo estará tanto o más que tú. Por eso, aunque te cueste, ahora mismo necesita de todo el apoyo y la calma que le puedas transmitir. Implícate, pero no la **AGOBIES** ni la **PRESIONES.** Es probable que sea esa inquietud lo que está provocando el retraso en su menstruación. Quizá todo quede en una falsa alarma.

Si es así, en el futuro recordad que si os consideráis responsables para mantener relaciones sexuales también debéis serlo para asumir los riesgos que conllevan y prevenirlos. Desgraciadamente, el abuso del alcohol es una de las principales causas de los embarazos no deseados en adolescentes. En ningún caso volváis a hacerlo sin tomar precauciones.

Tengo la impresión de que estáis muy perdidos en cuestión de educación sexual. **NO CONFIÉIS** en el marcha atrás ni en ningún método por el estilo. No son eficaces contra el embarazo ni contra las enfermedades de transmisión sexual. En efecto, podríais haber recurrido a la píldora del día después que, a pesar del nombre con el que se ha popularizado, es eficaz hasta las 72 horas posteriores al acto sexual (va perdiendo eficacia según pasa el tiempo). Si alguien se negara a facilitárosla en una farmacia, podéis conseguirla en un centro de planificación familiar. En casos como el vuestro, QUEDARSE PARALIZADO por la vergüenza solo empeora las cosas. Y lo mismo vale para la prueba de embarazo, que deberíais adquirir cuanto antes para salir de dudas. Puedes pedirla tú mismo sin problema, puesto que es una cuestión de ambos.

Por cierto, ni se os ocurra intentar interrumpir un posible embarazo con «métodos naturales», que supondrían un gravísimo riesgo para la salud de tu novia. A pesar del temor que puedas sentir, creo que a estas alturas es necesario que comuniquéis **el problema** a un **adulto** y especialmente a vuestros padres. Puesto que sois menores de edad, lo necesitaréis tanto si decidís detener el embarazo como seguir adelante. Después de todo, la responsabilidad de lo que ha sucedido es de los dos, así que no permitas que te culpen solo a ti.

Por lo demás, claro que tu opinión cuenta, y me parece sensato que los dos os sentéis a hablar con calma para **ARGUMENTAR** vuestras posiciones. Y mejor aún si contáis con la opinión y la experiencia de vuestra familia. Pero en última instancia, y puesto que ya tiene dieciséis años, es tu novia la única que podrá decidir sobre su cuerpo y su embarazo.

Te estamos redirigiendo a...

✉ Bandeja de entrada (1)

De: Henry Havelock Ellis <havelock@solvaycongresses.uk>
Asunto: La necesidad de una educación sexual

¡Buenos días..., y lo digo por decir algo! De hecho, si te escribo es porque me siento un poco decepcionado. Me cuesta creer que, en pleno siglo XXI y con tantos medios a vuestro alcance, todavía a muchos jóvenes os falten unas nociones básicas de educación sexual. ¡Ojalá en mi época hubiera bastado con teclear cuatro palabritas en un buscador! Teniendo en cuenta que nací en 1859, ya te puedes figurar que la búsqueda de información no era precisamente fácil. Yo, como otros muchos, me enfrenté a la estricta y puritana sociedad de mi época para intentar que el sexo dejara de ser un tema tabú.

Me llamo Henry Havelock Ellis y soy de una pequeña ciudad al sur de Londres. La verdad, siempre fui un niño precoz, pero bastante tímido. Eso me provocaba muchos amores contrariados y una gran incapacidad para expresar mis afectos y mis pasiones. Tal vez es ese el motivo de que dedicase mi vida al análisis de la sexualidad.

Para ello, en 1881 comencé a estudiar medicina en el St. Thomas Hospital, lo que me daría un aire de respetabilidad. ¡En la Inglaterra victoriana, nadie que no fuese médico podía hablar de cuestiones sexuales sin enfrentarse al deshonor o al desprecio! La verdad es que, en un sentido estricto, nunca llegué a ejercer mi profesión, ni tampoco mi enfoque de estudio fue normativo o censurador. Simplemente quería comprender la sexualidad humana de modo racional y presentar mis hallazgos de una forma natural y sin prejuicios.

La labor de mi vida quedó reflejada en mi extensa obra, de la que destacan los siete volúmenes de mis *Studies in the Psychology of Sex*. Leyéndolos podrías comprobar que ya en aquella época afirmé que la sexualidad humana comenzaba mucho antes de la pubertad, que la masturbación es frecuente en ambos sexos, que las mujeres también tienen deseo sexual, que la impotencia y la frigidez pueden ser psicológicas, que la homosexualidad no es ninguna enfermedad… Bueno, ¡por algo se me considera un pionero y un referente en la historia de la sexología moderna!

En su momento, sin embargo, mis obras fueron a menudo ridiculizadas. Y recuerdo que hubo una afirmación en particular, incluida en mi autobiografía de 1939, que chocó de lleno con la rígida moral victoriana: se me ocurrió afirmar que sería saludable que la educación sexual comenzase en los años escolares. Se me acusó entonces de plantear «obscenidades disfrazadas de ciencia». Figúrate…

Lo cierto es que muchas de las investigaciones de años venideros surgieron a partir de mis estudios. Y es que quizá no proporcioné siempre soluciones claras y absolutas, pero sí una actitud hacia el estudio del sexo. Una convicción de que atreverse a formular las preguntas adecuadas ya era acercarse a la respuesta.

El sexo se halla en la raíz de la vida.

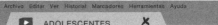
Capítulo 28

Me presionan demasiado

Me va a estallar la cabeza. Son las cinco de la mañana y aquí sigo, estudiando para el examen de mañana. Ya ni me entero de lo que estoy leyendo, pero es que tengo tanta ansiedad que tampoco puedo dormir. Por un lado, pienso en lo que dirían mis padres si bajo la media del curso, pero por otro tengo ganas de tirar los libros y pasar de todo. ¿Por qué me ha tocado a mí la responsabilidad de ser **SIEMPRE EL NÚMERO UNO?**

En realidad la culpa es mía, que los he acostumbrado mal. Los padres de mis amigos ya están contentos si sus hijos pasan del aprobado, y no te digo ya si llegan al notable. En cambio, yo llevo sacando sobresalientes desde pequeño, recibiendo felicitaciones de los profesores y apuntándome a un montón de actividades. Ahora siento que cualquier pequeño fallo les parece una **GRAN DECEPCIÓN.** No veas la cara que pusieron, por ejemplo, cuando hace unos años dejé las clases de guitarra. Para colmo, además de las evaluaciones, tengo que seguir con los entrenamientos de fútbol y preparando el examen de la escuela de idiomas. Mis padres me dicen que así me despejo de las tareas de clase y que todo es cuestión de organizarse un poco.

Vale, pero entonces, **¿CUÁNDO VIVO?** Tengo la sensación de que todos los demás salen y se divierten menos yo, como si estuviera desperdiciando mi juventud.

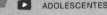
Pero ellos son de los que opinan que los jóvenes de hoy están **ECHADOS A PERDER**, que solo piensan en retrasar la hora de volver a casa y pasarse conectados a internet el resto del tiempo. No es que lo digan exactamente así, pero lo noto por cómo critican a algunos de mis amigos.

Y si solo fueran mis padres, bueno. Lo malo es que ha llegado un punto que todos (mis profesores, mis compañeros, el resto de mi familia) esperan que sea siempre yo el que saque mejores notas, el que traiga todos los deberes hechos, el que nunca falte a clase y haga los trabajos optativos. ¿Y sabes lo peor? Que el primero que **lo pasa fatal** si no lo consigo soy yo, como si estuviera decepcionando a todo el mundo. Nadie se da cuenta de que a veces me siento un fraude. Es verdad que tengo fuerza de voluntad, pero no soy el tío brillante que ellos piensan. **¡Es que a lo mejor ni quiero serlo!**

Ni siquiera me apetece seguir estudiando.

¡Te han dejado un comentario!

Creo que entiendo bastante bien por lo que estás pasando. También yo tenía bastante facilidad para estudiar y obtenía buenos resultados académicos. Esto, que en principio es estupendo, acabó generándome la sensación de que la gente siempre esperaba que destacase sobre el resto. Tanto es así que terminé eligiendo una carrera universitaria que no me gustaba solo por complacer a los demás y, sobre todo, por la presión que yo mismo me imponía.

¡MENOS MAL QUE RECTIFIQUÉ!

Lo primero que me gustaría decirte es que lo que vales no se puede juzgar solo por tus resultados, que tus notas no lo dicen todo sobre ti. Es al menos igual de importante tu proceso de aprendizaje. Por

228

eso, aunque te guste cumplir en los exámenes, piensa que lo fundamental es todo lo que recibes en el camino. Estudiar no es una carrea de velocidad sino de **larga distancia.** No te obsesiones con las calificaciones y concéntrate en leer, en comprender, en desarrollar tu sentido crítico y encontrar las materias que más te interesan de cara a tu futuro académico. No todos podemos destacar en todo.

Naturalmente, y quizá esto sea lo más difícil, tendrás que hablar con tus padres. Estoy seguro de que con la madurez que demuestras podrás hacerles ver que estás sometido a demasiada presión y que, sencillamente, no puedes con todo. Intenta llegar a un acuerdo con ellos para poder **CONCILIAR** tu vida académica con tus momentos de ocio. Después de todo, es preferible que bajes el ritmo a que termines aborreciendo los estudios y estudiando a la fuerza. Si puedes, diles también que te sería de gran ayuda que, igual que te hacen ver tus fallos, celebren tus logros. Que necesitas su **comprensión** y su **apoyo.**

También se trata de priorizar. Es comprensible que te sientas superado si, aparte de los deberes y los exámenes, te cargas con un montón de actividades que te ocupan todo el tiempo libre. De ese modo, al final todo queda a medias y apenas disfrutas de nada. Ya estás en una edad en la que tienes criterio para seleccionar qué es lo que más te llena. ¿El deporte, los idiomas, la música? Elige algo que, además de serte útil, responda a tus gustos e inquietudes. Ya tendrás tiempo para volver a lo demás.

Olvida, por último, eso de que tienes que ser el mejor en todo. En realidad, una parte importante de madurar consiste en, precisamente, aceptar que **NO SOMOS PERFECTOS.**

Te estamos redirigiendo a...

✉ Bandeja de entrada (1)

De: Christopher J. McCandless <supertramp@newhorizons.com>
Asunto: El día en que decidí escapar

Hola, compañero. Por favor, llámame Chris. Nací en 1968 en El Segundo, una pequeña población de la periferia de Los Ángeles. Era el segundo hijo del matrimonio de Billie y Walt, a los que me cuesta un poco llamar «padres» por la tormentosa relación que mantuve con ellos.

En 1976, cuando nos mudamos a Washington, a mi padre lo contrataron como especialista en antenas para la NASA. Mi madre trabajaba como secretaria para una importante empresa aeroespacial y de defensa. Con el tiempo, ambos fundaron una próspera empresa de consultoría. Habían alcanzado su éxito profesional y una buena posición económica, y esperaban lo mismo de mí.

Yo, por mi parte, era un alumno sobresaliente con una voluntad de hierro para el estudio, aunque ya por entonces algunos profesores habían advertido mi osadía, mi afán por la aventura, mi inclinación a caminar contracorriente. Aun así, mis padres tenían grandes expectativas con vistas a mi futuro académico. De hecho, en 1990 me licencié con honores en historia y en antropología en su misma universidad. Sin embargo, esa presión que sentía para convertirme en un hombre exitoso, sumada al ambiente tóxico y autoritario de mi casa, hicieron crecer en mí un espíritu de rebeldía.

Con aquel espléndido futuro por delante y tantas posibilidades ante mí, decidí donar a la caridad los 24.000 dólares que tenía ahorrados, deshacerme de mis identificaciones y emprender un viaje sin fecha de regreso por Estados Unidos. Aparte de mi situación familiar, estaba cansado del materialismo creciente, de la hipocresía y el conformismo que veía en la sociedad. Por eso quería, siguiendo el ejemplo de otros aventureros como Henry David Thoreau, alejarme de la civilización para vivir de manera natural.

👍231

Para que no me localizaran, cambié mi nombre por el de Alexander Supertramp. Viajé por Arizona, California y Dakota del Sur, trabajando en labores agrícolas y enfrentándome a diversos peligros. Había días en los que trabajaba y me relacionaba con mucha gente y otros que pasé sin ningún contacto humano y en los que tuve que cazar para sobrevivir. Mientras, escribía en mi diario mi progreso físico y espiritual en contacto con las fuerzas de la naturaleza. Al fin, ya en Alaska, encontré un autobús abandonado y decidí asentarme allí, y vivir exclusivamente de la tierra. Por desgracia, tras 113 días de aventura, no fui capaz de sobrevivir en aquel entorno hostil, para el que posiblemente no estaba preparado.

Mientras que unos me tachan de necio idealista por subestimar la dureza de la vida salvaje, otros ven en mí un ejemplo de determinación y afán de aventuras. Quizá haya algo de cierto en las dos cosas.

Capítulo 29

¿Cómo ser un «macho alfa»?

Subscribirse 23.845.155　　　　　　6.551.942 visualizaciones

➕ Añadir a　　↪ Compartir　　••• Más　　　　　👍 555.165　　👎 6.329

Ya sé que el título que le he puesto al vídeo parece un *click-bait*, pero no. Es una pregunta seria. Me gustaría que me dijerais **QUÉ PUEDO HACER** para que se me vea más masculino, más «tío», más seguro de mí mismo. En fin, todo lo que de momento no soy.

Lo del físico me imagino que tiene **DIFÍCIL SOLUCIÓN**. Mira, soy delgado, paliducho y estrecho de hombros. De momento, en la cara solo me han salido cuatro pelajos que no

233

vale la pena ni afeitárselos. Otros de mi clase, en cambio, ya tienen una barba que parecen leñadores. Como además tengo cero masa muscular, un compañero me recomendó que me metiera a un gimnasio. A mis padres les parece bien, pero **no me veo yo** levantando pesas.

En realidad, ese es el problema. Que no me veo apuntándome a un gimnasio, pero tampoco pasándome el fin de semana pendiente de la Liga, ni jugando al fútbol en los recreos, ni bebiendo como un cosaco o haciendo el bruto por ahí como mis amigos. Es verdad que a veces **lo intento,** pero es que no acabo de pasármelo bien. Yo prefiero, qué se yo, pues leer, o dibujar, o salir por ahí a bailar o incluso al cine si tengo pasta... Pero ni siquiera en la peli nos ponemos de acuerdo. Da igual la que yo proponga, que ellos siempre votan por la última de superhéroes. Puf.

Por eso suelo relacionarme más con chicas. Suena bien, ¿verdad? Bueno, pues nada. Fíjate que una, cuando le hablé de las novias que he tenido en el pueblo, me soltó: «Anda, si yo pensaba que eras gay». Pues no, no lo soy. Otra me dijo, en plan de broma, que yo era ya casi como su mejor amiga. O sea, que **NO ME VEN COMO A UN TÍO.** Creo que prefieren a chicos más masculinos, aunque a veces las traten como muñecas hinchables. Si digo esto último es porque de lo único que hablan muchos cuando ellas no están es de tetas y culos. Y son algo más que eso, ¿no?

De todos modos, lo que más me dolió fue lo que me dijo mi padre este sábado mientras ordenábamos el trastero. En un momento me quejé porque me había manchado de grasa el pantalón y comentó: «Pero ¡qué **NENAZA** eres, hijo!». Inmediatamente después dijo que había sido en broma.

Pero creo que le salió del alma.

Por lo que explicas, me da la sensación de que lo que deseas no es ser o parecer más «hombre». Lo que te molesta es **NO ENCAJAR** en el estereotipo de masculinidad que la sociedad a veces nos impone. ¿Crees que serías más feliz actuando como una clase de hombre que no eres? ¿Pasándote la vida fingiendo? Es curioso que digas que las chicas son algo más que físico y sensualidad, pero que no te des cuenta de que un hombre también puede ser más que fuerza, rudeza y orgullo.

Afortunadamente, el concepto de masculinidad (y el de feminidad) va cambiando. En realidad, siempre ha habido muchos tipos de hombres diferentes. Lo que ocurre es que tendemos a **REPRODUCIR LOS MODELOS** que triunfan en la publicidad, el cine, las series y la literatura de masas: hombres fuertes, decididos y valientes, pero también agresivos, insensibles y poco comunicativos. Por mi parte, creo que es estupendo que los hombres **PERDAMOS EL MIEDO** a mostrar afectividad o a expresar libremente nuestros sentimientos y debilidades, valores que todavía algunos creen patrimonio exclusivo de las mujeres. Eso no impide que también puedas llevarte bien con chicos diferentes a ti. Siempre hay puntos de encuentro.

Por eso no existe nada que te impida tener los gustos y **AFICIONES QUE DESEES**, más allá de tu opción sexual. ¡Como si a las chicas no pudieran gustarles los deportes o los videojuegos! Si a alguien le sorprende que no hables de fútbol o de coches, peor para él. Eso no te hace ni más ni menos masculino. Si acaso, demuestra que tienes la suficiente seguridad en ti mismo como para no tener que andar **demostrando nada a nadie.**

En cuanto a las chicas, es posible que a esas edades todavía haya muchas que anden buscando a un «héroe duro y silencioso». Pero ¡es que ellas no están menos expuestas que tú a los **PREJUICIOS DE GÉNERO!** Date tiempo, y dáselo a ellas. A la larga, la mayoría buscarán a alguien con quien puedan comunicarse, conectar afectivamente y compartir aficiones. Por cierto, si realmente quieres practicar algún deporte, hazlo por ti y no por proyectar en ellas una imagen determinada.

El comentario de tu padre me parece ofensivo y machista. En su defensa diré que, por su edad, seguramente tiene aún más afianzados estos estereotipos. Tal vez haya llegado el momento de que seas tú el que le enseñe algo a él

Te estamos redirigiendo a...

✉ Bandeja de entrada (1)

De: Aitor <bailarin16@thinkoutsidethebox.com>
Asunto: Yo también quiero bailar

A veces, ves una película y sientes que hay una conexión especial entre un personaje y el actor que lo interpreta, tanto que no puedes imaginarte a otro en el mismo papel. Eso es lo que me sucedió con *Billy Elliot* y el joven intérprete británico Jamie Bell. No es raro, pues ambos tienen mucho en común.

En el caso de que no la conozcas, déjame, en primer lugar, que te hable un poco de la película, un drama del año 2000 dirigido por Stephen Daldry. Narra la historia de Billy, un niño que vive en un pequeño pueblo minero de Inglaterra durante los años ochenta. Era la época en que los trabajados de las minas de carbón se enfrentaban mediante una larga huelga al Gobierno, que pretendía reconvertir el sector y recortar sus derechos laborales. En este entorno hostil, Billy anuncia que no quiere seguir asistiendo a sus entrenamientos de boxeo y que desea en su lugar tomar clases de ballet. Su padre, que considera que los chicos solo deben boxear o jugar al fútbol, se siente avergonzado y se lo prohíbe. Billy decide seguir aprendiendo baile a escondidas con vistas a una audición para la Royal Ballet School de Londres.

También Jamie sabía lo que era enfrentarse a los estereotipos. Había sido elegido entre más de dos mil aspirantes al papel, y era el único del reparto que procedía precisamente de Durhman, el condado en el que se ambientaba y se rodó la película. Jamie empezó a bailar a los seis años y a los ocho decidió apuntarse a clases de ballet, lo que le valió las burlas y el acoso por parte de sus compañeros de colegio. Sufrió mucho, pero no renunció. «Bailar era casi inevitable para mí, pues ya de pequeño acompañaba a mi hermana a las audiciones y disfrutaba de juntar música y movimiento», explica el actor, que procede de una familia de profesionales de la danza.

Confiesa que su papel en la película no consistió en realidad en una actuación, pues aún no comprendía bien el concepto de «interpretar». Simplemente entendía al personaje, pues también él escondía sus zapatillas de ballet en los pantalones para que la gente no supiera que había estado bailando.

La película, candidata a tres Oscar, fue un éxito de crítica y público. El propio Jaime ganó un premio BAFTA por su interpretación y, desde entonces, ha continuado su carrera como actor, poniéndose a las órdenes de directores tan distintos como Peter Jackson o Steven Spielberg, y mostrando predilección por papeles diferentes y arriesgados.

Quería ser diferente y escapar de los estereotipos.

Capítulo 30
Yo contra el mundo

Creo que este va a ser mi último vídeo, mi despedida. Esto de hablar con vosotros era lo único que me mantenía con vida últimamente, pero ahora ni eso. Tampoco me apetece ver pelis, ni leer, ni siquiera ponerme delante de la consola para olvidarme del mundo. ES QUE TODO ME ABURRE. Y no te digo nada ir cada día al instituto. Sé que en un rato tengo clase, que debería intentar dormir un poco más o al menos prepararme la mochila, pero no puedo. La sola idea de levantarme, de vestirme o de salir a la calle me produce asco.

De hecho, toda **MI VIDA DA ASCO**. Para empezar, las clases, que no sirven para nada. Solo voy ahí a vegetar mientras los profesores hablan y hablan de cosas que no me interesan para nada. Y total, ¿para qué? Para pasarme años haciendo exámenes como un robot y al final encontrar un trabajo donde me pagarán una mierda. Y es que este mundo también es un asco. Y va a peor, no hay más que ver las noticias.

La gente, lo mismo. La mayoría son unos hipócritas que mucho decir que son tus amigos, pero que en el fondo van a la suyo. Solo les interesas para salir y echarse unas risas, pero en los malos momentos **HUYEN DE TI** como si fueras un apestado. Te dicen «anímate, hombre» para quitarse el problema de encima, y con eso se creen que te han solucionado la vida.

Mis padres, todo lo contrario. Me van persiguiendo por la casa y tratan de animarme, pero solo me hacen sentir peor. «Hijo, te estás quedando en los huesos.» «No te veo nunca estudiando.» «¿Por qué estás tan agresivo últimamente?» «Pareces un alma en pena.» Un zombi, ¿vale? ¡Un zombi, eso es lo que soy! Por eso, lo único que necesito es que os **APARTÉIS DE MÍ** y me dejéis solo, encerrado con mi música. Eso es lo único que me alivia un poco el dolor, no tener al lado a gente que me recuerde el asco que doy.

A cada momento me pregunto qué sentido tiene seguir Y, por favor, no me vengáis con lo de la «depresión», porque no ha pasado nada para que me sienta así. Tampoco quiero oír hablar de psicólogos o de que necesito ayuda. No quiero ayuda, porque NADIE VA A CONVENCERME de lo que ya sé.

Que mi vida no merece la pena.

Todos tenemos días malos en los que podemos llegar a pensar que la vida no tiene sentido. Más aún durante la adolescencia, cuando estamos especialmente expuestos a los **ALTIBAJOS EMOCIONALES** y a los cambios de humor. Pero hay que saber distinguir entre un estado puntual de abatimiento y un trastorno que se extiende en el tiempo. En tu caso, todo apunta a que has caído en una depresión.

Se trata de una **enfermedad**, así que no la confundas con una actitud ante la vida. Si antes disfrutabas con tantas actividades, te preocupabas por tu rendimiento académico y buscabas la compañía de tus amigos, está claro que algo ha cambiado. Da igual si no conoces la causa, porque las depresiones no siempre tienen un motivo aparente. La tristeza y el enfado, el rechazo hacia tus amigos, los trastornos del sueño y la alimentación, la pérdida de interés en todo Todo eso es síntoma de que **necesitas ayuda.**

Para empezar, y por mucho que te cueste, deberías compartir estos sentimientos autodestructivos con tus seres queridos. Necesitarás su apoyo y comprensión para afrontar el problema. Tampoco tengas

miedo o vergüenza a una posible terapia. Si te cuesta afrontar el día a día, lo mejor es que acudas, solo o con tus padres, a un psicólogo (por ejemplo, el de tu centro de estudios). En muchos casos, no hará falta tratamiento farmacológico. Quizá ahora no estás convencido de que vaya a servir de algo, pero el solo hecho de **reconocer** que necesitas ayuda ya es un paso en tu recuperación.

También hay muchas cosas que puedes hacer hoy mismo para empezar a mejorar:

1. Construye rutinas. Una de las cosas que agravan tu estado son la apatía, los horarios desorganizados, la falta de actividad y el desorden en el sueño. Planea cada día horarios con objetivos y tareas sencillas: levantarse y acostarse, asearse, tiempo de estudio, de ocio, en familia...

2. Haz ejercicio físico. Incluye como parte de tu rutina alguna actividad física que te ayude a canalizar el estrés, a distraer la tristeza y sentirte más sano.

3. Socializa. Limita tu tiempo frente a la pantalla y haz un esfuerzo por estar con la gente.

4. Evita el alcohol y las drogas, mantén una **dieta saludable** y trata de **pensar en positivo.**

5. Cuando te sientas mejor, considera si hay **algún aspecto de tu vida que te preocupe.** Para ello, te animo a que repases los capítulos anteriores.

¡Ánimo! Si has llegado hasta aquí, es que ya has empezado a salir del pozo.

Te estamos redirigiendo a...

✉ Bandeja de entrada (1)

De: Dwayne Douglas Johnson <therock@neveralone.org>
Asunto: Fuerte como una roca

El célebre Dwayne Johnson, más conocido como The Rock, es un actor y luchador profesional estadounidense. Lo que no todo el mundo sabe es que, según sus propias palabras, uno de los oponentes más duros a los que ha tenido que enfrentarse en su carrera ha sido la depresión.

Dwayne nació en California, en 1972, y procede de una familia de leyendas del cuadrilátero. Aunque es licenciado en criminología por la Universidad de Miami, ya durante sus años de instituto destacó por su habilidad y potencia como jugador de fútbol americano, y llegó a participar en importantes torneos nacionales. Ese fue, precisamente, el deporte en el que Dwayne pretendía labrarse una carrera profesional. Sin embargo, cuando ya se perfilaba como una futura estrella, una lesión en el hombro lo alejó de sus sueños. «No sabía lo que me pasaba», explica el actor, que cayó en un estado depresivo que lo llevó a abandonar temporalmente la universidad, «no sabía por qué ya no tenía ganas de hacer nada».

Con el tiempo, salió adelante. Aunque no pudo entrar en la NFL (Liga Nacional de Fútbol Americano), firmó un contrato con un equipo de Canadá. A su vuelta al pequeño apartamento de sus padres en Miami y con veintitrés años, fue cuando comenzó un segundo episodio depresivo, el más devastador. Se peleó con su mánager y madre de sus hijos y, tras el empeoramiento de su lesión, tomó la decisión de renunciar para siempre al fútbol. Su sueño de juventud se había esfumado por completo.

Pero tampoco esta vez se rindió, y comenzó a construir una nueva vida para sí mismo, ahora como luchador profesional. Aunque al principio su padre trató de disuadirlo, finalmente lo entrenó y se convirtió en una superestrella de la WWE bajo el nombre artístico de The Rock. Aún tendría que lidiar con un tercer episodio depresivo cuando se divorció de su mujer, pero a esas alturas ya no había nada que pudiera pararlo.

«Cuando sufres de depresión, a menudo te sientes como si no hubiese nadie más que tú. Y me di cuenta de que para recuperarse una de las cosas más importantes es entender que no estás solo. Tampoco eres el primero en tenerla ni serás el último», explica Johnson. Además, añade que él cometió en dos de las tres ocasiones el error de no pedir ayuda.

En los últimos años, su talento, su aspecto físico y su carisma le han abierto las puertas del mundo de la interpretación, donde ha alcanzado gran reconocimiento internacional. Además, es fundador de The Rock Foundation, una institución de caridad que recauda fondos, juguetes y material didáctico para niños hospitalizados.

Esto va a sonar muy *viejuno*, pero es flipante la poca educación de la gente. La verdad, yo no me daba mucha cuenta de estas cosas hasta que el otro día tuve que acompañar a mi abuela al médico. Nada más salir del portal ya estaban los típicos niñatos haciendo botellón en las escaleras. Bueno, pues ni siquiera se molestaron en apartar las piernas para dejarnos pasar. A mí me da igual, pero mi abuela a poco se mata. Y ellos, en vez de pedir disculpas, descojonándose por lo bajo.

Luego, en el metro, lo mismo. La mayoría de gente joven que iba sentada agachó la cabeza al vernos para no tener que **CEDER SU ASIENTO.** Eso por no mencionar a los que iban despatarrados o con el móvil a todo volumen. Al final, tuvo que levantarse un señor mayor que casi estaba peor que mi abuela. Me sentí fatal, porque yo también he dejado que pase eso alguna vez.

Desde entonces procuro fijarme más en esas cosas y noto que todo el mundo va a lo suyo. Sé que la peor fama nos la llevamos los adolescentes, y en parte con razón. No es solo que muchos vayan gritando por ahí como si la calle fuese suya o que choquen contigo por no levantar la vista del teléfono. Es que no se preocupan por tratarte con un poco de respeto.

COMO SI NI SIQUIERA TE VIESEN.

Eso sí, los adultos tampoco se cortan, y encima nos meten a todos los jóvenes en el mismo saco. A veces voy a preguntarles cualquier cosa y salen corriendo sin escucharme, como si fuera a atracarles. Y luego, si eres amable, tampoco creas que te corresponden. La de veces que he esperado a mis vecinos para sujetarles la puerta del ascensor y luego me he encontrado con que ellos no hacían lo mismo por mí.

Con mis amigos, igual. Quedas con ellos y aparecen dos horas tarde, o se ponen a *wasapear* mientras les hablas. Lo más triste es cuando se trata de algo realmente grave. Yo qué sé, cuando te encuentras a alguien tirado en la calle o a dos que están a punto de pegarse. Pues nada, también ellos agachan la cabeza y pasan de todo. Por otro lado, para lo que la gente te lo agradece, lo mismo debería hacer como ellos.

¿O ahora voy a ser yo **EL ÚNICO TONTO?**

¡Te han dejado un comentario!

¡No te sientas tonto! Al contrario, resulta muy maduro que hayas comenzado a reparar en la **falta de consideración** que a menudo mostramos con los que nos rodean. Por desgracia, a veces tenemos que vivir una experiencia desagradable para darnos cuenta del problema. Y para entender que también nosotros somos parte de ese problema y de la **POSIBLE SOLUCIÓN.** Y la solución pasa por entender que los derechos de los que disfrutamos no nos eximen de unas responsabilidades que faciliten la convivencia.

¿Cuáles son estas responsabilidades? En la clase de ética del colegio me enseñaron una frase de Jean-Paul Sartre que me marcó: «Mi libertad acaba donde empieza la de los demás». No se trata pues de pura cortesía; es lógico y hasta sano que los **códigos** de **urbanidad** cambien. Yo no me siento ofendido si me tratan de «tú» y no de «usted», por ejemplo. Tampoco basta con limitarse a respetar ciertas normas de educación: ceder el paso a un anciano, guardar silencio en la biblioteca o sujetar la puerta a un vecino. Lo que se echa de menos es algo más profundo y a lo que yo mismo no sé ponerle nombre. ¿Respeto? ¿Empatía? ¿Solidaridad? Es eso que está en la verdadera raíz del civismo y que tú has empezado a comprender. Te has dado cuenta de que **NO ESTÁS SOLO EN EL MUNDO** y deseas ofrecer a los demás lo mismo que necesitas para ti mismo. Puede ser algo tan banal como un saludo o tan decisivo como asistencia médica.

Es lógico que te preguntes por qué tienes que seguir esforzándote si ves que a tu alrededor no hay más norma que «la ley de la jungla». Supongo que por ti mismo. Porque, más allá de las decepciones que te lleves, no puedes evitar **preocuparte por los demás.** Tal vez creas que no te compensa. Pero piensa que algunos, por pocos que sean, pueden aprender de tus acciones, como tú aprendiste del hombre que cedió el asiento a tu abuela. ¡Las nuevas generaciones también **PODÉIS ENSEÑARNOS** a ser mejores! Incluso te animo a que encauces tu espíritu cívico a través de alguna ONG o campaña solidaria.

Acabo señalando que, en sociedad, la falta de educación y de valores resulta más visible que las buenas acciones. Sin embargo, te aseguro que hay muchos jóvenes que, como tú, están dispuestos a cambiar las cosas. ¡No lo des todo por perdido!

Te estamos redirigiendo a...

✉ Bandeja de entrada (1)

De: Aristóteles <unpensadorcompleto@liceo.gr>
Asunto: La felicidad colectiva

«¡Hoy en día los adolescentes están fuera de control! Comen como cerdos, son irrespetuosos con sus mayores, interrumpen y contradicen a sus padres y tienen aterrorizados a sus profesores.»

Tranquilo, que no va por ti. Aunque pienses que estas palabras podría haberlas dicho tu padre o la vecina de arriba, en realidad tienen ya unos cuantos añitos. Las dije yo, Aristóteles, alrededor del año 350 a.C., refiriéndome a la juventud de mi época. Y encontrarás citas parecidas atribuidas a otros célebres filósofos como Sócrates o Hesíodo.

Por un lado, demuestran que existe una tendencia generalizada a través de los siglos a criticar los modales de las nuevas generaciones, a quejarse de su insolencia y su falta de valores. Por otra parte, indican que hay algo que no acaba de marchar bien con la educación de los seres humanos, jóvenes o viejos, ¡siempre nos hacemos imposible la convivencia! Pero espera, yo mismo estoy siendo un maleducado al no presentarme.

Nací alrededor del año 384 a.C. en una pequeña localidad macedonia llamada Estagira, y desde muy pequeño fui instruido por mi padre en los secretos de la medicina, lo que avivó mi interés por la investigación experimental. Con diecisiete años me enviaron a Atenas para estudiar junto a Platón. Aunque mi pensamiento es en muchos sentidos opuesto al suyo, puede decirse que él, Sócrates y yo somos los tres grandes pilares de la filosofía occidental. Lo que yo me propuse fue partir de la observación y experimentación para hallar una ciencia anterior a todas las demás, unas reglas de pensar para alcanzar la verdad y aplicables a todas las disciplinas.

Pero también me interesé mucho por el campo de la política, que para mí era la ciencia práctica más importante de todas. Y mía es esa famosa frase que dice que el hombre es, por naturaleza, un animal político. Cuando digo «político» no quiero decir que deba presentarse a las elecciones. Me refiero más bien a que es un individuo cívico, a que crea sociedades y debe aprender a vivir en comunidad (*polis* significa ciudad).

Es decir, que para mí el ser humano puede alcanzar la virtud y su propia felicidad a través de la felicidad común, del bienestar de la sociedad en la que vive. Para eso, por supuesto, resulta imprescindible un compromiso con nuestros vecinos, una convivencia pacífica y solidaria en la que nos respetemos unos a otros y respetemos las cosas que todos disfrutamos. Ser una buena persona significa, para mí, ser un buen ciudadano.

Nota del autor

No siempre podemos resolverlo todo nosotros solos. Si te enfrentas a un problema de acoso, drogadicción o cualquier otra situación grave que sientes que te supera, no dudes en pedir ayuda en casa, en tu centro escolar o en cualquiera de las asociaciones que existen en España y que podrán orientarte al respecto y brindarte su apoyo. Aquí te indico algunas, aunque podrás encontrar muchas otras usando un simple buscador.

Sobre el acoso escolar
Asociación Española para la Prevención del Acoso Escolar
www.aepae.es
Asociación No al Acoso Escolar
www.noalacoso.org

Sobre alcohol y drogas
Fundación de Ayuda contra la Drogadicción
www.fad.es
Asociación Proyecto Hombre
www.proyectohombre.es

Sobre problemas de la adolescencia en general
Fundación ANAR
www.anar.org

Índice

UN LIBRO QUE TE ENCANTARÁ TENER SI ERES UNA ADOLESCENTE Y UN LIBRO QUE LE PEDIRÁS PRESTADO A TU HIJA SI ERES LA (SUFRIDA) MADRE DE UNA CHICA DE ESA EDAD.

Sin duda alguna, la adolescencia es la etapa más compleja y apasionante de la vida, pero es también la edad en la que puedes llegar a sentirte más perdida, como si vivieras en tierra de nadie. De golpe, te ves atrapada en un cuerpo en continuo proceso de cambio. Es como si vieras una película en la que suceden multitud de cosas a un mismo tiempo que no están dentro de ningún guión y que a menudo te superan. Pero también es la etapa de

LOS DESCUBRIMIENTOS Y LOS RETOS.

María Menéndez-Ponte es la creadora de **Pupi**, uno de los personajes mas queridos por los niños de nuestro país que se ha convertido en un fenómeno editorial. Inspirada por infinidad de conversaciones, ha escrito este libro con la idea de ayudarte a reflexionar sobre lo que se te ha venido encima con la adolescencia y encauzar tu día a día. Y lo hace sin juzgar, sin sentar cátedra, con afecto, empatía,

HABLANDO TU MISMO IDIOMA y con el humor de las ilustraciones de Luisa Vera.